EMBORNAL
DE LINDEZAS

Copyright © 2020 by Lady Foppa
Editoração: Adriana Almeida
Revisão: Jéssica Lopes
Impressão: Psi7

Dados Internacionais de Catalogação na Publicação (CIP)

(Responsável: Filipe Reis – CRB 1/3388)

       Foppa, Lady.

F691e   Embornal de lindezas / Lady Foppa. – Goiânia : [s.n.], 2020.

            158 p.: 14 × 21 cm

            ISBN 978-65-87737-05-8

            1. Literatura brasileira. 2. Contos. I. Título.

                                          CDU: 82-34

IMPRESSO NO BRASIL

Printed in Brazil 2020

Contatos com a autora:

ladyfoppa@gmail.com

LADY FOPPA

EMBORNAL DE LINDEZAS

— Segunda edição —

Goiânia/GO | 2020

Para meus netos

Adriana, Jocenir Neto,
Davi Foppa e Heitor Augusto,

preciosas lindezas do meu embornal, essa singela
homenagem.

Com amor,

Vovó Lady Foppa

Dedicado à

Cora Coralina,

saudosa Aninha da casa da ponte, primeira pessoa a ler meus singelos textos e poemas, e me recomendar para trocar a bucha de lavar pratos, pela caneta! Gratidão minha poetiza, o gosto do seu café, tomado ao pé do fogão, ainda adoça minha saudade...

SUMÁRIO

A MENINA DE TRANÇAS E SEU EMBORNAL DE LINDEZAS

DELEITÁVEL A VISÃO que esta obra da peregrina, poeta e escritora Lady Foppa nos dá, desde a primeira vez que temos contato com ela.

Somos imediatamente transportados às reminiscências da sua infância em Monte Azul, onde Lady busca respostas para a cor das borboletas, o canto dos insetos, a razão das diferenças entre os animais, os medos que a assaltam, a procura por duendes, fadas e gnomos e os respostas contragolpes que lhe são aplicados – temidos, mas não evitados – pois, amanhã vai repetir tudo.

É comovente o denodo dos avós e do pai adorado, em lhe ensinar o gosto pela poesia, o nome de cada árvore que está na floresta, o respeito pelos animais silvestres, a importância das fontes d'água, das cachoeiras e dos cursos d'água. Tudo ela aprendeu.

O medo dos monstros que habitavam o baixo da sua cama e a certeza de que iriam embora tão logo escutassem o barulho das esporas do pai.

Enfim, isto tudo a tornou corajosa para enfrentar o mundo, como fez nas inúmeras vezes em que percorreu o Caminho de Santiago de Compostela, na Espanha, quando esteve sem forças para cumprir algum trajeto.

A poesia e os versos que se veem nesta obra, em forma de contos, a riqueza de detalhes, que acabou por nos transportar aos contos, são parte do conhecimento que Lady adquiriu ao longo dessa vida profícua e útil, e que a conduz ao infinito amor ao próximo.

A riqueza das experiências realça o poder que Lady teve para absorver o que lhe foi mostrado e é traduzido neste livro.

Finalmente, é necessário mencionar o fato de Lady ser uma exímia fotógrafa, premiada a cada canto que expõe.

Synésio Prestes Sobrinho
Juiz aposentado, professor e escritor

VOA, VOA, PENSAMENTO...

Vence as barreiras do tempo, me coloque dentro de uma ciranda, para que eu possa jogar meus versos com cheiro de infância.

Voa pensamento, voa... acorda a serpente adormecida e o monstro da escuridão, instiga meu medos infantis, e os fantasmas arrastadores de correntes nos velhos casarões, para eu vencê-los, uma vez mais.

Voa, pensamento, pede ao vento um pouco do cheiro dos cabelos da minha mãe e um resto do aroma das suas Rosas, para que eu possa perfumar a saudade que adormece ao meu lado.

Vai pensamento, voa... me mostra que o gato Farofa guardou a última das sete vidas para viver comigo, e vai tomar posse do travesseiro vazio, que sempre esperou por ele.

Voa meu pensamento, vá além, muito além das nuvens, encontre entre a terra e as estrelas a magia que me permita sentir o abraço do meu pai, em cada manhã que me levava no colo para tirar leite no curral.

Voa pensamento voa... traz de volta a fita azul, que por descuido, caiu do meu embornal de lindezas, preciso dela para atar todas as lembranças em minhas tranças, para seguir correndo atrás das borboletas, Vaga-lumes e sonhos...

Lady Foppa

EMBORNAL
DE LINDEZAS

VAGA-LUME TEM... TEM...

AOS CINCO ANOS, eu já prestava atenção no tempo. Tinha dias, que Deus mandava os anjos limpar as fumaças e as poeiras e tudo ficava uma belezura.

Em uma manhã dessas, quando eu me preparava para sair desembestada pelo mundo, a Ana, uma espécie de ajudante da nossa casa, com acesso às nossas orelhas, inventou de falar para mamãe, que eu estava com um ombro troncho. Mamãe me colocou de frente, mandou juntar os pés, me virou de costas e deduziu que eu estava pensa para um lado, e que deveria ser "espinhela caída!". Eu não tinha a mínima ideia do que era a tal da espinhela para saber quando e onde eu havia derrubado a bendita. Dias atrás, eu havia caído de um umbuzeiro, podia ser ali que a tal espinhela caiu, e também havia despencado da perna de pau do meu mano, devido a uma praga que ele rogou, caso eu as pegasse enquanto ele estava na escola. Cogitei relatar essas quedas, mas pensei nas minhas orelhas, ainda mais por que estava na presença das duas: dava certinho, uma orelha para cada uma.

Por conta do caimento da minha espinhela, fui proibida de sair enquanto a benzedeira não viesse em casa consertar meu entortamento.

Impedida de "urdir e tecer", como dizia mamãe, fiquei olhando pela janela da sala, imaginando quantas borboletas estariam nas poças de água, me esperando para serem assustadas e eu ali, por causa de uma coisa caída que eu nem me lembrava que tinha.

Ana apareceu de vassoura na mão, e gentilmente falou que era para eu "caçar outro rumo", que ia limpar a sala. Fui então para meu quarto, até porque estava claro e o monstro da escuridão que morava debaixo da minha cama, estava escondido.

Assim que entrei, vi meu vidro azul, de leite de Magnésio cheio de vaga-lumes que eu havia recolhido de noite. Eu achava lindo colocá-los no vidro, ficava uma lanterna azul iluminando meus sonhos, até eu dormir. Durante o dia, a luz dos vaga-lumes apagavam e eles ficavam sem nenhuma serventia.

Eu estava encafifada para entender melhor a procedência da luz dos vaga-lumes, então perguntei a mamãe porque a bunda deles brilhava. Mamãe falou que era sistema deles, sabia que ela não sabia, porque toda vez que não sabia das coisas, ela dizia que era sistema. Perguntei ao papai porque a bunda dos vaga-lumes brilhava e ele falou que era da natureza deles.

Não sabia o que era natureza e fiquei sem entender mais ainda. Arrisquei perguntar para Ana, embora achando que só por milagre, ela saberia. Ana me mandou lamber sabão.

Fiquei num desavoramento só, sem entender o procedimento das luzes, e os vaga-lumes continuavam me encantando e eu cantando toda noite:

– Vaga-lume tem, tem, seu pai tá aqui, sua mãe também...

Em uma noite abençoada, fomos passear na casa do meu avô Lourenço, na volta, vimos uma árvore que parecia um sonho, todos os vaga-lumes do mundo estavam nela, acho que deveria ser alguma festa de casamento, era tão lindo que nem parecia coisa da terra, aquele mundaréu de luzinhas piscando no meio da noite, era a árvore da alegria que os anjos haviam providenciado.

Papai falou que aquilo era um "merecimento" e eu entendi que era coisa boa, porque ele e a mamãe ficaram com cara de bondade.

Andamos mais um pouco e mamãe falou:

– Meu bem, notou que nessa época do ano, o céu fica mais baixo? Parece que as estrelas estão no meio do pasto!

Aí entendi tudinho! Os vaga-lumes apareciam na época do céu baixo, porque voavam até as estrelas, esfregavam as bundas e carregavam a luz que só durava de noite, igual a luz das estrelas. Cada noite, eles tratavam de ir na parte baixa do céu buscar luz. Por isso, que só apareciam quando o céu baixava, eram pequenos demais para irem na parte alta do céu.

Assim, toda manhã, eu despejava no mato os meus vaga-lumes, para voarem até as estrelas e buscar a luzinha deles.

Estava no quarto, cutucando os vaga-lumes para ver se tinham alguma faisquinha, quando mamãe foi me buscar para a benzedura.

Dona Senhora (nunca entendi o nome dela), logo esticou a mãozona na minha cara para eu beijar e tomar a benção. Outra coisa que me dava gastura, era a beijação de mão, mas precisava daquilo para manter as orelhas do mesmo tamanho.

Dona Senhora, me colocou na frente dela, pegou um barbante e mediu meus ombros. Pegou um ramo de uma planta fedida, batia na minha cabeça e nos meus ombros enquanto mexia a boca e rezava pra dentro, para a gente não aprender a reza e não precisar mais dela. Depois da reza, tornou a me medir de ombro a ombro, e falou que havia consertado o meu desnivelamento, que eu já podia correr e brincar!

Mamãe aproveitou o embalo e mandou benzer nosso bebê de quebranto e mau olhado. A Ana estava na cozinha coando café e fritando biscoito de polvilho que queima até as meninas dos olhos quando espirra. Dona Senhora, sentiu o cheiro da cozinha, deu umas duas cruzadinhas mixurucas de ramos na carinha do bebê e foi para cozinha se fartar...

Depois, pedi novamente a benção e ela se foi, para consertar outra pessoa.

A noite, sentamos todos na calçada da frente, para apreciar e admirar as estrelas. De posse do meu vidrinho azul eu corria e cantava:

"Vaga-lume, tem tem, seu pai tá aqui, sua mãe também..."

Às vezes, a magia que existe entre a terra e as estrelas, me traz um vislumbre da árvore encantada de vaga-lumes, mas, só as vezes...

I

____

ROSA POETA

A POESIA, FOI UM DOM QUE NASCEU COMIGO.
Dizem que não se faz um poeta, porque sensibilidade se
desenvolve, não se ensina.

Desde que aprendi a escrever, aprendi a poetar meus
singelos versinhos.

Mamãe, era minha incentivadora, minha plateia e
minha musa. Escrevi para ela, um sem fim de quadrinhas,
que se perderam nos meus cadernos da infância. Às vezes,
eu fazia um bilhetinho poético com florzinhas desenhadas,
escrevia a lápis de cor e dava para ela. Minha precária cali-
grafia, não expressava corretamente as palavras, e ela então
falava delicadamente:

– Fia, recita esse bilhetinho para mim, minha vista está
meio embaralhada hoje!

Era a maneira dela disfarçar, que não havia entendido
a minha escrita.

O pior, era que às vezes, nem eu entendia meus garranchos, aí eu falava que não tinha ficado bom, e que ia escrever novamente.

Ela amava o papai, os filhos, Coca-Cola e rosas. O dia em que não bebia sua Coca-Cola, ela dizia que o dia não tinha valido. Cultivava rosas com o mesmo carinho que penteava nossos cabelos. Em uma época mais austera, onde pessoas não conversavam com plantas, mamãe batia longos papos com as rosas dela, e papai dizia:

– Quando a mãe de vocês estiver conversando com as rosas dela, vê se vocês não entram na conversa para não atrapalhar.

Certamente, tinha gente que achava estranho mamãe conversar com as rosas. Certamente, mamãe achava estranho as pessoas não entenderem uma conversa entre a jardineira e a flor!

Aos sábados, ela escolhia as rosas mais bonitas e levava para ornamentar a pequena igrejinha de Pontal do Araguaia, que ela tomava conta. Colocava aquele tantão de rosas em um balde com água e papai levava até a igreja que ficava uns 100 metros da casa dela. O prazer dela, era colocar o vasos de flores frente à imagem de Nossa Senhora, ela dizia que até a "feição" da Santinha mudava quando estava em meio as rosas! Eu nunca duvidei disso, conhecia bem a "santa vaidade" daquela Virgem Maria, pois a pedido de mamãe, eu havia bordado centenas de estrelinhas brilhantes, no manto azul celeste, que ela ostentava.

Mamãe amava colocar manto nas santinhas, volta e meia, lá ia eu atrás de veludo azul ou cetim, porque ela achava que o manto estava descorado.

Um dia, peguei um papel de carta, com o fundo estampado de rosas e escrevi para ela, o seguinte versinho:

"Mamãe leva suas rosas,

Para a igreja enfeitar.

É uma santa ofertando flores,

À outra santa no altar..."

Ela ficou com os olhos marejados de lágrimas quando leu meu versinho, guardou no bolso do avental e falou que ia mostrar ao padre José.

Todas as vezes que chegava, eu dizia:

– A bênção mamãe!

E ela respondia:

– Deus te abençoe, minha Rosa Poeta.

Em 2002, Deus levou minha mãe para plantar rosas no paraíso D'Ele. Fiquei um tempão de mal com Ele, achei o maior egoísmo, Deus levar minha mãe, quando havia tantas mães para Ele escolher.

Durante muito tempo, não encontrei o elo entre a caneta e o papel. Havia um espaço cheio de vazio dentro de mim, as lágrimas de tristeza haviam afogado minha inspiração.

No ano de 2005, eu estava na Espanha, percorrendo o Caminho de Santiago a pé. Após uma curva, vi uma casinha encantada que parecia de contos de fadas. Tinha cortinas de renda nas janelas, uma cerca de madeira e um lindo roseiral na frente. Em meio às flores, vi uma senhorinha idosa, que tirava as folhas amarelas das rosas e conversava com elas.

Me deu uma vontade imensa de conversar também, mas me lembrei de papai dizendo para nunca interromper "a prosa" da mamãe, com as rosas.

Passei bem devagar, absorvendo a beleza daquele momento como se fosse um agrado de Deus para "remediar" o estrago causado na minha alma. Naquele instante mágico, tive a sensação de caminhar dentro de um cartão postal, em uma dimensão sagrada, onde os anjos desenham sonhos...

Um pouco mais à frente, tirei a mochila, sentei em uma pedra, peguei minha caderneta onde escrevia anotações sobre o caminho, e ali, conectada com a saudade da minha mãe, escrevi meu primeiro poema, desde que ela se foi.

O curioso, é que depois dessa passagem, eu voltei nove vezes ao Caminho de Santiago, e jamais encontrei a casinha encantada com o roseiral à frente...

Em 2011, uma sobrinha criou uma página para mim no *Facebook* e em homenagem à mamãe, colocou o nome de Rosa Poeta.

De todas as poesias que escrevi e publiquei, nenhuma conseguiu me emocionar tanto, como "Rosa Poeta", que me define e me comove!

ROSA POETA

Se cultuo a vida em trovas e versos
E só de poesias a minha alma veste,
A espalhar o canto e por vezes pranto,
Em rimas disformes que o sentido tece.
Que minha mão expresse no traço das linhas,
Meu cantar em rima, e o meu chorar em prece.

Se de desgosto o gosto amargar-me a alma,
E por desventura eu merecer castigo,
Que não decepem minha mão direita,
Pois com ela planto versos que cultivo.
E que o perdão possa chegar a tempo,
De poupar à vida a um coração cativo.

Se ao fim da jornada eu puder ainda
Deixar marcas em algum caminho,
Ser absolvida pela poesia tosca,
E na eternidade merecer um ninho.
Terá valido a pena o desabrochar da Rosa,
Que se fez poesia, por não temer o espinho...

I

____

A DISTINÇÃO DO CORONEL
LEVI E A PRIMAVERA

QUANDO EU ERA CRIANÇA, morava em um vale de montanhas azuis, em Minas Gerais. De vez em quando mamãe arrumava a casa de maneira mais esmerada, tirava da cristaleira, os copos azuis, as xícaras floridas, o bule que fazia parte do jogo e lavava tudo cuidadosamente. Ela colocava flores de espirradeira no vaso da sala, lavava os ladrilhos da casa, organizava tudo com carinho: aí eu sabia que a família do coronel Levi viria nos visitar.

Descobri que ele era diferente de todas as pessoas porque em uma ocasião escutei papai comentar com vovô, que o coronel Levi tinha "distinção!". Vovô falou que havia poucos homens com distinção feito o coronel. Eu não sabia o que era distinção, mas desejei de todo coração que papai e vovô também tivessem essa "diferenciação".

Um dia fatídico, o coronel Levi veio nos visitar após a casa ter sido impecavelmente limpa, eu estava metade na sala escutando a conversa de adulto, e a outra metade no corredor, porque não tinha permissão de entrar na sala com visitas. Foi aí que coronel Levi percebeu minha presença e falou:

– Vem cá moça bonita!

Eu abaixei a cabeça e entrei na sala sem olhar para papai, sabia que se olhasse, o olhar dele me daria um puxão de orelhas. Papai nunca levantou a mão para um filho, mas nos dava surras homéricas com os olhos, e não tinha arnica que curasse. Fiquei frente ao coronel que passou a mão na minha cabeça e falou que eu havia crescido. Virei estátua na frente dele enquanto ele falava com o papai através da minha pessoa, como se eu fosse transparente. Aquilo não estava bonito, eu arredei de banda, para as palavras dos dois não ficar me atravessando, fiquei ao lado do coronel de frente para o papai, mas de cabeça baixa para não levar surra de olhar. Foi aí, que ao me movimentar, senti que atrás de mim havia uma cadeira. Já que até aquela hora ninguém estava dando sinal de incômodo da minha presença, eu me aventurei a sentar na cadeira e esperar o café com biscoito.

Ao me sentar, percebi que havia sentado sobre o chapéu do coronel Levi que era impecavelmente moldado. Nessa hora, eu descobri que o olhar do papai emitia raios, choques, sons e perfurações e que o olhar do coronel Levi também tinha esses poderes. Nesse momento, descobri ainda uma sensação estranha que fez meu rosto esquentar tanto que tive medo do meu nariz cair no chão. Pensei em correr para dentro, para fora, pular a janela feito o meu gato Farofa, mas as pernas não estavam mais sob meu comando, papai as havia paralisado com um dos raios dos olhos dele.

Fiquei inerte, esperando algo como uma "boa morte", mas nesse instante, o anjo que cuidava de mim e que não havia sido danificado com o olhar do papai, avisou a mamãe e ela chegou com a bandeja de café, me pegou pela mão e eu fui me arrastando corredor adentro. Olhei de soslaio para trás e vi o coronel tentando fazer o chapéu voltar a forma original, aí novamente, a quentura voltou ao rosto e conferi se meu nariz estava no lugar.

Quando o coronel Levi se foi, papai falou para mamãe que ela deveria cuidar para eu não entrar na sala, falou que coronel Levi não disse nada porque é um homem que tem distinção, mas que ele ficou morrendo de vergonha por conta da minha arte com o chapéu moldado.

Por sorte, eu estava no meu quarto e o olhar do papai não atravessava as paredes ainda, mas a quentura do rosto voltou e chegou até as orelhas.

Nessa noite, meu gato Farofa chegou mais cedo para dormir comigo, acho que ele pressentiu meu estado lastimável e veio dar o costumeiro banho de língua em meu rosto, que era milagroso, curava surras de olhos e as quenturas.

Choveu a noite toda, no dia seguinte eu abri a janela, olhei para fora e parecia que Deus havia lavado as vidraças do mundo, não havia aquela "poeira" embaçando tudo e nem a sensação de secura, entendi que enquanto eu dormia, Deus havia cuidado da "casa" com mais esmero, feito mamãe, quando ia receber a visita da família do coronel Levi.

Nos anos que se seguiram, eu aprendi a esperar com euforia o tempo em que Deus lavava as vidraças do mundo, desenterrava as cigarras D'Ele para cantar, mandava as flores florescerem, as borboletas borboletearem, e tudo ficar feito a nossa casa em véspera de visita. As vezes, eu achava que alguém mais importante, e com algo maior que "distinção" ia chegar lá em casa com a preparação de Deus, mas nunca chegou alguém que superasse o coronel Levi!

Com o passar dos anos, eu aprendi na escola sobre as estações do ano, e que a primavera era o tempo de Deus lavar as vidraças do mundo. Hoje, me veio à lembrança essa passagem, e esse gosto doce de infância!

I

VALEI-ME SANTIAGO...

QUANDO EU ERA CRIANÇA e morava em um vale de montanhas azuis, no município de Monte Azul, Minas Gerais, tínhamos o hábito de sentarmos na calçada da frente da nossa casa para contar causos de mal-assombro, brincar de passar anel ou só para ficar olhando aquele céu lindo, com um mundão velho de estrelas.

Mamãe e as irmãs dela, volta e meia comentavam sobre o "Caminho de São Thiago" no céu, era um tal de dizer que o caminho estava bonito porque ia fazer frio, estava mais estrelado porque ia chover, e outras coisas mais. Um dia, perguntei a mamãe quem era aquele Santo e por que só ele tinha um caminho no céu, ela falou que não sabia, mas sabia que o caminho era dele.

Daí pra frente, descrencei de Santo Antônio, São João e São Pedro, já que no céu eles não tinham nada de nada...

A professora, nos mostrou o Caminho de São Thiago num livro, falou que se chamava Via Láctea, decidi que na escola seria a tal da Via Láctea, mas no meu querer de pensamento e coração, seria Caminho de São Thiago, até porque eu não ia fazer a desfeita para o Santo que me valia para tudo!

Um dia, vovó Henriqueta me chamou e me perguntou porque eu não me valia com Santa Terezinha, que era tão linda e carregava rosas nos braços.

Perguntei a vovó, se a Santa tinha um jardim em meio as nuvens no céu, vovó falou que não. Então a descartei.

Mamãe se valia de uma Santinha que carregava o filhinho no colo, ficava dentro da lapinha, no quarto dela. Na hora de uma "precisão" maior, mamãe acendia vela e ajoelhava na frente da Santa para fazer a recomendação! A Santinha de mamãe, tinha umas feições de gente do céu, mas caminho que era bom, não tinha nenhum, só o filhinho no colo mesmo.

São Thiago seguia na frente um céu inteiro. Por fim, o povo me largou de mão, e eu segui pela vida afora cultuando meu Santo.

Mamãe tinha a Santinha dela, mas se valia dos outros Santos, de acordo com a serventia de cada um. Volta e meia, ela parecia um currupio saltitante pagando com pulos, algo perdido que São Longuinho encontrou. Outra vez, quando alguma criação adoecia, ela invocava o São Francisco que era Santo veterinário, mas que nem sempre dava conta de tudo, pois papai tinha muitos animais na fazenda, para um Santo só!

Quando eu já era adulta, me lembro que certa vez, minha mana comprou um carro com o maior sacrifício. Mal desfrutou do carro e o ladrão levou. Ela ficou na maior tristeza, parecia passarinho que se virou de mau jeito no ninho, e deixou cair o único ovinho! O carro não tinha seguro, meses a fio, ela seguiu pagando a prestação do carro e andando a pé.

Um ano depois, a Polícia ligou pra ela, avisando que haviam localizado o carro. Minha mana ficou mais feliz que mosca em tampa de xarope, correu para contar aos nossos pais. Foi aí, que mamãe falou que durante a missa de domingo, ela tinha que entrar na igreja de joelhos, carregando uma vela do tamanho dela, em agradecimento a São Judas Tadeu, que é o Santo que cuida dessa parte de carro, acho que era um motorista que virou Santo.

Mamãe falou que tinha feito a promessa a ele em nome da minha mana!

Minha mana, ficou sem saber o que fazer, falou que não ia cumprir uma promessa absurda dessas, que era para ela negociar por cestas básicas ou nada feito.

Papai, que olhava tudo de soslaio, acudiu que promessa era uma coisa séria, falou que conheceu uma mulher, que teve um filho que nasceu "pé pro mato", ao invés dos pés apontarem para frente, eles apontavam para os lados. O menino tinha dificuldade de andar. Quando ele estava com quatro anos, a mãe fez uma promessa para Nossa Senhora da Penha, que se o filho dela andasse normalmente, ela deixaria o cabelo dele crescer, e quando ele completasse 18 anos, cortaria o cabelo e levaria como ofertório. O menino, passou a usar umas botas forradas com ferro, pelejava com essas botas entrava ano e saía ano, o cabelo crescia mais do que pilha de processos, na mesa de advogado preguiçoso, e a mãe só na cantinela, lembrando da promessa. Por fim, o menino ficou rapaz, arrastando aquele cabelão mais ago-niado que barata de pernas pra cima.

Quando ele inteirou 18 anos, a mãe cortou o cabelo dele, amarrou com uma fita, pegou um par das botas forrada de ferro que ele havia usado para endireitar os pés, mais uma vela no formato de um pé, e num domingo foram subir as escadas da igreja de Nossa Senhora da Penha, para pagar a promessa. O rapaz começou a reclamar, falando que aquilo era uma coisa sem sentido, aí a mãe foi mostrando a ele a quantidade de gente que pagava promessa por ter alcançado graça:

— Repara meu filho, aquela senhora está carregando uma vela do tamanho dela. Aquela outra, está levando o retrato de uma criança, está subindo as escadas de joelhos. Olha aquele homem, carregando uma cruz nas costas com o ombro sangrando.

O rapaz olhava tudo, mas não estava de acordo com aquela sofrência toda, nisso uma senhora idosa, perdeu o equilíbrio e caiu, o rapaz saiu de banda, a senhora passou por ele e desceu rolando escada abaixo.

Nisso, o filho da senhora gritou com ele:

— Seu excomungado, porquê não segurou minha mãe para ela não rolar escada abaixo?

E o rapaz respondeu:

— Até que pensei em segurar a véia, mas achei que era promessa, aí deixei ela rolar...

Mamãe olhou para papai com olhar de reprovação e falou:

— Engraçadinho, fica fazendo troça de promessa, fica! O dia que sua boca entortar, quero ver você chupar cana de banda!

Papai sempre tinha uma tirada engraçada, para cada situação, era um doce, atrevido e "ardiloso" humorista. Por fim, ele falou para minha mana comprar uma camisa azul, de gola polo e oferecer para o Santo, no lugar da vela. Falou que desconhece o homem que não gosta de camisa de gola polo azul.

Eu, minha mana e papai, caímos na risada, mamãe ficou contrariada, falou que podia deixar que ela ia se entender com o Santo, mas que era para botarmos "nossas barbas de molho!".

Por conta disso, jamais deixei de fazer seguro dos carros que tive e deixar a barba de molho!

I

______

DERRUBANDO ESTACAS

QUANDO EU ERA CRIANÇA, vivia em uma cidade do
Norte do Paraná chamada Umuarama. Na época, era uma
cidade pequena, sem muitas atrações e a chegada do circo
era sempre uma festa! Eu e outras crianças sempre íamos
assistir a montagem do circo, que em si, já era um espetá-
culo para nossos olhos, e foi assim que vi pela primeira vez
um Elefante! Na hora, eu o comparei com os dinossauros:
deduzi que era um descendente direto dos grandes animais
dos gibis que eu lia.

Fomos então assistir a montagem do circo e ali cons-
tatei que o Elefante era usado para ajudar a levantar o mastro
da lona, por ser o animal mais forte que possuíam. Achei
o máximo a força daquele animal gigantesco e destemido.
Após o circo estar montado, vi o grande Elefante ser preso
por uma corrente a uma pequena estaca, que comparada
ao mastro do circo, pareceria um palito de dente. Pronto, lá
se foi minha admiração pelo animal, é forte, mas é burro,
pensei: Porque qualquer um saberia que num solavanco a

estaca seria arrancada, até meu cachorrinho Billy roeu a corda que o amarraram e voltou para casa. Passei a observar o Elefante, ele se balançava o tempo todo, e todo tempo eu pensava que ele estava ensaiando para arrancar a estaca, se libertar e ir morar feliz em alguma floresta.

O tempo em que o circo esteve na cidade, eu ia olhar o Elefante, e cada vez, eu o achava mais triste e solitário, mas não entendia por que se mantinha lá, preso àquela minúscula estaca dançando sua dança triste. Um dia perguntei a mamãe por que o Elefante não arrancava a estaca e fugia.

Mamãe respondeu:

– Por que é o sistema dele!

Quando minha mãe não sabia o que responder ela sempre dizia que era "o sistema". Passei a odiar a palavra sistema e tudo que ela não traduzia. Perguntei ao meu pai por que o Elefante ficava preso à estaca e não ia embora, papai falou que como fazendeiro entendia de gado e que eu deveria perguntar ao dono do circo.

Voltei ao circo, encontrei um anão que era do meu tamanho, resolvi falar de igual para igual e fiz a mesma pergunta. O anão respondeu que o Elefante não fugia por que sabia que pertencia ao circo, assim como ele. Achei ainda mais besta a resposta e a comparação. Decidi fazer a mesma pergunta para minha professora, que era a criatura mais sábia que eu tinha acesso.

A professora me respondeu:

– Por que sim!

Essa foi para mim a pior resposta... Então quando o circo foi desmontado, lá estava o grande Elefante fazendo o serviço pesado para depois voltar a estaca mixuruca e ficar se balançando na dança triste...

Durante muito tempo a imagem do grande Elefante preso à pequena estaca ficou remoendo no meu cérebro. Um dia escutei alguém dizer: "Fulano não esquece nada, tem memória de Elefante!". Aí tudo se complicou mais ainda, se alguém que não esquece nada tem memória de Elefante, então o Elefante não era burro! Fiquei matutando: "Será que o mastro do circo caiu na cabeça dele e o animal ficou retardado? Será que ele foi hipnotizado pelo mágico do circo?". Alguma coisa havia acontecido.

À medida que eu crescia, também crescia a questão do Elefante grande, preso a pequena estaca. Um dia, quando eu já era adolescente, papai travou conhecimento com um senhor que se chamava Geraldo, e segundo ouvi ele dizer à mamãe, o Sr. Geraldo era um homem letrado que conhecia quase o mundo inteiro!

Aos poucos fui enredando o Sr. Geraldo, que ficou refém do café da mamãe, servido com biscoito de polvilho, que queima quem faz por que espirra gordura até na menina do olho! Todo mundo da casa perguntava tudo para o "seu Gegê". O Sr. Geraldo já era íntimo e passou a ser chamado assim. Um dia, criei coragem e fiz a pergunta que consumia minhas ideias:

– Seu Gegê, o senhor saberia me dizer por que o grande Elefante não arranca aquela estaquinha micha e se liberta?

Então ele respondeu:

– Na verdade menina, quando o Elefante era bem pequeno, o prenderam a uma estaca. Ele tentou de todas as maneiras se libertar, lutou muito, mas a estaca era muito grande para o tamanho dele, então ele aceitou o destino e passou a não lutar mais. Quando ele cresceu, a memória dele já estava condicionada a ser acorrentado a estaca, ele se conformou e se tornou prisioneiro dele mesmo!

Nessa hora, pedi a Deus para mandar minha mãe entrar logo na sala com o café, para eu poder chorar na minha cama, de tão triste que fiquei com a história do Elefante, cuja estaca agora estava cravada no meu coração!

Durante um longo tempo eu refleti sobre a maldade que se faz condicionando a mente de um animal ou de uma pessoa. Nessa época, uma vizinha se casou com um homem que a espancava, por vezes ela chegava em casa toda machucada, mamãe a aconselhava a ir embora para junto da família dela, mas a mulher nunca foi, teve um filho atrás do outro e dizia que do destino ninguém foge. Deduzi que a pobre mulher também estava presa a uma estaca invisível.

Ao longo da minha vida, muitas vezes estive presa às estacas do medo, da insegurança, da fraqueza e do conformismo, refém de uma vida que não cabia nos meus moldes, com o único direito de escolher minhas próprias correntes. Um dia, me dei conta que Deus havia me dado uma vida, que ela era minha para eu fazer o que quisesse dela, que não estava presa a nenhuma estaca, que possuía pernas, e mais que isso: Possuía asas!

Entendi que as pessoas só fazem conosco o que permitimos que elas façam e que a opção de ser triste, alegre, infeliz ou feliz era minha, que eu era dona e senhora das minhas escolhas. Hoje, sei que nenhuma estaca é maior que minha coragem de superar o que tiver que ser superado, de chegar onde quiser e viver o que valer a pena...

I

____

CAGAITA E DESMANDOS
DA DONA SANTINHA

NO ANO DE 1984, eu e minha mana fomos visitar nossos pais que moravam em Cana Brava, um minúsculo vilarejo no município de Monte Azul, MG. De Goiânia até Montes Claros fomos de ônibus, depois tomamos o trem que nos levaria a Monte Azul, minha terra natal. Levávamos conosco nossos anjos, cinco crianças ávidas para andarem de trem, e que quando entraram nele, ficaram mais felizes que mosca em tampa de xarope.

Papai e mamãe estavam nos esperando na estação, beijos, abraços, suspiros e rumamos todos para a potente "brasília amarela" do papai, carro bom sem tanto, nunca deixou ele na estrada, ele é que as vezes deixava ela, quando enguiçava!

Na época, não tinha essa lereia de usar cinto de segurança em carro, só se usava cinto para segurar as calças, e para bater em menino custoso. Entramos quatro adultos e mais cinco crianças no carro, um no colo do outro e o outro, no colo do um.

Dona Santinha, que era uma espécie de X-Tudo do vilarejo, também era o braço direito de mamãe e havia ficado preparando o jantar. Chegamos finalmente ao nosso ninho materno. O cheiro era o mesmo que acompanhava minha saudade, cheiro da casa da mãe é algo que nos acompanha para sempre, e mais um dia!

A janta estava boa, a cama estava melhor, após dois dias de viagem e um sem fim de perguntas: Mãe, já tá chegando? Mãe, só falta um pouquinho demora quanto tempo? Mãe, se eu dormir, quando eu acordar já chegou?

O dia amanheceu com um Sol de rachar mamona no pé, mamãe havia pedido ao povo da "Folia de Santo Reis" para passarem pela manhã, para nos recepcionar e alegrar as crianças.

Para elas, foi uma belezura, aquele jogar de versos e aquele tantão de bandeira colorida, passando na cabeça deles.

Mamãe providenciou uns biscoitos e brevidades, que foram servidos com um suco que dona Santinha havia feito. Apenas papai se serviu com os homens, todos havíamos nos fartado das iguarias do café da manhã.

Mal o povo saiu para visitar outras casas, como é a tradição, papai correu para o banheiro se queixando de desarranjo intestinal, a popular "caganeira", que prendeu ele no banheiro sem recurso para sair.

Mamãe ficou sem entender, até chegar na cozinha e ver a cesta onde estavam as cagaitas, totalmente vazia. Temendo escutar um sim, como resposta, ela perguntou a dona Santinha se ela havia feito suco das frutas e servido aos foliões, ela afirmou que sim, mamãe ficou mais branca que muro que pichador adora encontrar. Só escutei os gritos de mamãe!

– Santinha, sua excomungada, você tá doida? Não sabe que cagaita é purgativa?

Dona Santinha toda catita respondeu:

– Uai Maria, sei não, achei granfino oferecer suco e fiz!

Mamãe foi para a porta da frente espiar e os foliões do Divino, haviam todos caído na "braqueara", mamãe só pediu a Deus que os livrasse de limpar com folha de urtiga, que era para a raiva deles não chegar aos ouvidos do Divino Espírito Santo!

Papai visitou o banheiro inúmeras vezes, por conta da "lijeirinha" que a cagaita provocou, falou que dona Santinha era uma pessoa totalmente afastada de Deus, para fazer tanta merda e acabar com a Folia de Reis.

Na manhã seguinte, acordamos com o toque do sino, mamãe logo falou que havia morrido alguém, e que só poderia ser o seu Marcolino, que havia sido ofendido de cobra na perna, e que a "ofendidura" havia virado uma ferida que cabia uma mão dentro.

Fiquei matutando se alguém havia colocado a mão dentro da ferida para ver a fundura. É cada coisa que o povo fala!

Já estava beirando a hora de começar o almoço, e nada da dona Santinha aparecer para ajudar a mamãe, como de costume. Deixei as crianças com minha mana e fui acudir com ela na cozinha para preparar o almoço. Quase onze horas, dona Santinha chegou esbaforida, mamãe havia ido até a horta pegar alface, eu havia lavado quiabo que estava em uma bacia em cima da mesa. Dona Santinha para agilizar o atraso, foi logo picando o quiabo com a bacia no colo. Mamãe chegou e perguntou:

– Uai Santinha, porque demorou tanto?

E ela respondeu:

– Uai Maria, as seis e meia o seu Zé da venda, foi me chamar para tocar o sino da capela avisando que seu Marcolino havia "acordado morto!".

"Toquei o sino, e rumei para casa dele, porque eu sabia que ele não tinha ninguém por ele. Chegando lá, meu coração cortou, ré cortou e tré cortou de ver ele em cima da mesa, cheio de mosca azul, entrando e saindo na ferida dele, já pensou se essas varejeiras põe ovos na ferida?".

Nessa parte, eu saí para ir ao banheiro vomitar, mas de lá escutei o resto da prosa:

"Eu, mais seu Zé da venda, tiramos as roupa dele, eu dei um banho nele com sabonete, lavei bem a ferida, no caso das varejeiras tenham posto ovos, depois sequei bem a ferida e ele ficou pronto para o caixão que seu Zé ficou fazendo".

O que me repugnava, era que a cada palavra dela, era uma torinha de quiabo que caía na bacia.

Jurei que enquanto vivesse, não comeria quiabo!

Nesse ínterim, as crianças que estavam brincando na porta da frente, foram convidadas por outras crianças para irem de carro de boi no enterro, então expliquei a elas, que Deus havia chamado seu Marcolino para morar no céu, e que elas deveriam fazer silêncio e rezar para o falecido. Lá foram elas com as outras crianças, passou um pouco, escutei o carro de boi cantando uma cantiga triste, tão triste, como a morte solitária do seu Marcolino. No centro do carro de boi, estava um humilde caixão, generosamente confeccionado pelo seu Zé da venda, onde se podia ler na lateral, a seguinte frase: Esse lado para cima! Estava para baixo.

A noite, às 22 horas, ressoou no velho casarão sem forro, as últimas vozes: Bênção mãe, bênção pai, bênção vô, bênção vó, bênção tia... Deus lhe abençoe! Durmam com Deus...

E cinco minutos depois meu filho rompe o silêncio e pergunta:

– Mãe, pode rezar para Deus levar mais alguma pessoa amanhã para casa D'Ele? É muito legal andar de carro de boi!

Silêncio... E adultos rindo por dentro!

I

____

MÃE MINGA...

ANTIGAMENTE, quando as coisas eram coisadas de formas diferentes, não se usava as mamães darem de mamar em público, e também para atenuar o trabalho delas, havia as "mães de leite".

Dona Domingas, foi mãe de leite de seis, dos oito filhos que mamãe teve.

Sempre que havia uma festa, ela acompanhava mamãe e tomava conta do bebê da vez.

Quando ela chegava em casa, todos tinham que tomar bênção e beijar a mão dela, em sinal de gratidão pelo leite mamado.

Eu penso que a pobre ama de leite, deveria amamentar bebês um atrás do outro, pois o filho dela já era um rapazote e nada do leite dela secar.

Um dia, surgiu essa conversa na cozinha entre mamãe e minhas tias, papai meteu a colher de pau na conversa e falou que ela amamentava "de mamando a caducando", óbvio que as mulheres excomungaram ele, até porque todas se valiam das tetas leiteiras da "mãe Minga", como nós, os bezerros adotados a chamávamos!

Ela tinha um filho que se chamava Tonho, nunca soube do paradeiro do pai dele, não sei se ele sabia, mas sempre era ela e o filho. Tonho era "abestalhado", na época, se podia dizer isso sem ser amaldiçoado e sem ser processado por discriminação. Acho que nem existia a palavra discriminação, ela foi inventada depois que cresci, para meter medo na gente!

Voltando ao Tonho, segundo mamãe, ele ficou abestalhado de tanto cair da rede, enquanto a mãe dele cuidava dos filhos alheios. Segundo papai, ele ficou abestalhado porque o leite era servido para os "bebês pagantes" e regrado ao pobre Tonho que só bebia ar, o ar subiu para a cabeça e abestalhou ele!

Tonho não comia sem um bom pedaço de carne. Todos ficavam olhando quando mãe Minga lhe entregava o prato "esmaltado", e ele ia furando a comida com o garfo, perguntando:

– Minga, seca, cadê carne? Cadê carne? Cadê carne?

Cada pergunta, era acompanhada de uma garfada que era mais rápida que língua de sogra de filho único. Enquanto o garfo fazia barulho ao tocar no prato esmaltado, ele continuava procurando. Se o pedaço de carne fosse minguado, ele jogava o prato longe, e era só comida que voava.

Todas as crianças ficavam torcendo para Tonho atirar o prato, todas as crianças faziam atenção na mira do Tonho, para não levar uma pratada no escutador de moda de viola. Todas as crianças morriam de rir por dentro, porque todas as crianças sabiam que se rissem por fora, as orelhas cresceriam desordenadamente.

Em um certo mês de junho, o assunto era uma festança com muito foguetório no casarão de um primo de papai. Mamãe logo reservou "as tetas" da mãe Minga, para cuidar do bebê da vez, enquanto ela daria uns "bordejos" na festança, com as irmãs dela.

No dia do acontecimento, já na "boca da noite", chegou um caminhão "pau de arara" para nos levar. Mamãe como estava de bebê, foi na boleia, papai como não era besta, foi na boleia também para cuidar dela. Assim, alguns quilômetros percorridos, o caminhão para e recolhe mãe Minga e Tonho. Cada criança invocava a proteção do seu anjo da guarda para o Tonho não sentar ao seu lado. Mãe Minga, deveria ser sensitiva, pois captava nossas preces, e sentava o filho entre ela e o último lugar do banco. As vezes, o caminhão fazia uma curva meio fora do prumo e Tonho quase caía, eu só pensava se ele batesse mais a cabeça no que daria, com certeza além do prato, aremessaria as panelas e até nós!

Quando chegamos no local da festança, mamãe tratou logo de descobrir onde era o quarto que as mães acomodavam os bebês de colo, e as amas. Em toda festa, sempre faziam um quarto com vários colchões no chão, para acomodar as crianças.

Mamãe entregou o bebê para mãe Minga, e foi procurar as irmãs para pular fogueira, comer quitutes feitos para a ocasião e torcer para o escolhido da família, pegar o biscoito, no alto do pau de sebo!

Papai falou que em meio aquele tanto de bebês, mãe Minga ia vender mais leite, do que as cachaças dos homens! Mamãe falou que ela não era doida para tirar o peito da boca do nosso bebê, para amamentar bezerro alheio. Pelo sim, pelo não, e pelo talvez, volta e meia, ela ia lá conferir se o nosso bebê estava "comendo pança"!

Como todos os anos, papai arrematou no leilão, um frango assado e um porquinho pururucado que estavam divinos. Vovô Antônio comprou uma "sodinha", cuja tampa de metal era furada com um prego, e a gente ficava mamando bem devagarzinho, para demorar acabar.

Lá pelas tantas, depois da "fogueirança, comilança, bebelança e brincadeirança" mamãe reuniu a turminha dela porque era hora de voltar para casa.

Papai nos colocou na carroceria do caminhão, mãe Minga entregou o nosso bebê para mamãe, enrolado em um cobertor, parecendo um grogolô, mamãe já estava dentro da boleia, abraçou o bebê e me deu uma puta inveja de não estar naquele colo quentinho!

Papai recomendou a mãe Minga, que cuidasse da gente, que aquela hora todo mundo estava varado de sono e podia cair. Eu nem vi a hora que mãe Minga desceu com o Tonho, estava dormindo sentada, provavelmente escorada em algum adulto ou algum anjo de plantão.

Só me lembro dos braços amorosos do papai que nos pegou no colo, levou para nossas camas e tudo ficou em paz, muita paz, até que o grito da minha mãe acordou até pica pau que estava no oco. Papai que estava acabando de se deitar, correu acudir a mamãe que gritava:

– A excomungada da dona Domingas, me deu o bebê trocado, esse não é meu, não é meu, esse bebê é escuro, não é o meu!

Papai, na esperança de ao menos esperar até o dia amanhecer falou:

– Meu bem, o bebê tá escuro porque está escuro, é noite, amanhã cedo ele clareia, vamos dormir.

E mamãe que havia tirado os panos do bebê para trocar, respondeu:

– O bebê clareia e o bilau dele cai? Ele é homem, eu quero minha menina!

Papai tratou de vestir a roupa e ir acordar os peões para arrear cavalo e ir atrás do seu Zé do caminhão, para voltar e levar eles para a destroca do bebê!

Só sei, que por mais que estivesse com pena da mamãe e sem saber o paradeiro da minha irmãzinha, o sono me pegou de um jeito que eu acordei beirando a hora do almoço.

Corri o olho no quarto e mamãe estava olhando o bebê com olhos de ternura, presumi que papai havia acudido para que nosso bebê voltasse para casa e mamãe sorrisse novamente. Após o almoço, mãe Minga entrou em casa e se atirou de joelhos nos pés da mamãe, pedindo perdão pelo desarvoramento e desatentamento dela!

Todos nós, torcemos para que mamãe não a perdoasse, assim nos livraríamos da beijação de mão e da mira dos pratos do Tonho!

Mas mamãe, tinha o mesmo semblante da imagem da Santinha, que segurava seu filhinho no colo, que ficava na lapinha do quarto dela, e ela perdoou o desarvoramento e desatentamento de mãe Minga, para nosso desassossego!

No resto do ano, a troca dos bebês foi o assunto que correu de boca em boca e de orelha em orelha. Nós continuamos desviando dos arremessos dos pratos do Tonho e fazendo a fila para beijar a mão de mãe Minga, nossa mãe de cor, nossa mãe de leite!

Trinta e oito anos depois, voltei a Minas Gerais e fui visitá-la, ela havia encolhido quase meio metro, papai falou que foi de tanto apanhar do Tonho, pela falta de carne. O pouco cabelo que lhe restava estava branquinho, sufocado debaixo de um lenço. Tomei a velha mão negra enrugada, e pedi a bênção, ela me abençoou e perguntou quem eu era, falei de quem era filha, ela caçou, caçou dentro da cabecça, mas não deu conta de se lembrar.

Eu e minha mana, entregamos a ela um envelope com dinheiro, ela olhou a quantia chorou muito, e por fim falou:

– Eu amamentei tantos meninos daqui, que nunca apareceram nem para me dar as horas, tem vergonha da mãe de leite preta, mas Deus não falha na bondade, e encarregou de mandar esses dois anjos de fora, para zelar da mãe velha...

Desse dia em diante, todo vez que alguém ia a Minas, eu mandava um dinheirinho para ela e Tonho. Um dia, mamãe recebeu uma uma carta da minha tia dizendo que Tonho havia morrido dormindo, e uma semana depois, mãe Minga morreu, de tristeza...

Hoje, olhando o passado, sou grata aos valores que meus pais me ensinaram: honra, honestidade, lealdade, verdade e gratidão, acima de tudo, GRATIDÃO!

I
———

A CASA ENCANTADA
DO PÔR DO SOL

QUANDO ERA CRIANÇA, mamãe fazia o meu prato, e a mistura mais gostosa eu deixava para o final. Como se fosse para "enxaguar a boca" e deixar nela, o gosto mais gostoso de todos! Em nossa fazenda, em Lagoa Comprida, Deus caprichava muito nos pores de Sol. Acho que Ele sabia o quanto eu gostava de ver aquelas cores que não se encontrava em nenhuma caixa de lápis de cor. Eu observava a volta que o Sol dava no céu e depois ia dormir na casa dele que ficava detrás da Serra mais gorda, que era pregada na menorzinha, e parecia uma pequena baleia com chapéu de bruxa.

Então, eu corria para a cancela da fazenda e subia no último degrau, para ver melhor as cores do céu e para me sentir mais próxima de Deus, que além de Deus, era mágico, pois, às vezes, se virava em dois: ia comigo e ficava com mamãe. De vez em quando, sentia uma brisa suave passar por mim, as vezes eu achava que era um sopro de anjo, as vezes eu tinha certeza, vovó dizia que apesar de ser uma aventureira, nada de ruim acontecia comigo porque o meu anjo da guarda não me largava.

A casa que Deus fez para o Sol detrás da montanha, ficava em frente a minha casa, eu me achava a menina mais sortuda do lugar, pois o Sol era meu vizinho. Então eu entendi porque a minha casa não era tão fria quanto a casa das minhas tias, o Sol aquecia minha casa que era próxima a dele, e minha casa era sempre quentinha. Um dia, eu estava olhando o Sol entrar na casa dele quando alguém me chamou e eu olhei para trás, então eu vi um cenário lindo: a minha casa que era toda branca estava vestida com as cores do Sol e a poça d'água onde as falenas brincavam, também tinham ganhado as cores do pôr do Sol.

Entendi que aquilo era um milagre porque sempre que acontecia algo de bom que a gente não sabia explicar, mas que queria muito, mamãe dizia que era milagre. Assim, a minha casa que era quentinha, estava vestida com as cores do pôr do Sol... Passei um tempão olhando o Sol arrumar a caminha para ele dormir, nessa noite fiquei feliz, mas tão feliz que nem me preocupei em chamar: "Vaga-lume tem, tem, seu pai tá aqui, sua mãe também...

Assim, após jantar, fiquei matutando que Deus era feito eu com a comida. Ele deixava o melhor para o final, porque todo final do dia, era a parte mais ornamentada do céu.

Depois de rezar para meu querido anjo da guarda, eu adormeci na casa encantada do pôr do Sol, a paz estava deitada ao meu lado esquerdo porque o lado direito era do meu gato Farofa! Ah, mas essa é outra história...

55

I

____

UM GATO CHAMADO FAROFA

NÃO SEI QUANDO OS GATOS entraram em minha vida, porque acredito que eles sempre existiram e deram origem a minha alma... Quando era criança, fui adotada por um gato cinzento todo malhadinho de branco que chamei de Farofa. Morávamos em uma fazenda, e durante o dia cada um saía a procura de aventuras, a noite eu deixava uma fresta da janela aberta e ele pulava para minha cama. Era uma amizade silenciosa, feita apenas de carinhos, passadas de mão na cabeça e ronronar ao lado do travesseiro, até o sono nos vencer e os sonhos ganharem asas... Mamãe dizia que eu ia contrair "asma", mas o Farofa só abanava o rabo aos comentários dela, e como eu não sabia o que era asma, nunca me senti ameaçada!

Debaixo da minha cama morava o monstro da escuridão, ele se mudou para lá depois que ganhei uma cama e tive que dormir sozinha. Todas as noites eu rezava de mãos postas para que ele não me alcançasse, mas colocava a fé maior no Farofa, desde o dia em que ele enfrentou uma cobra e ganhou a briga! As coisas que vinham do céu também me assustavam, como os relâmpagos, raios e trovões, mas aí, a proteção era tarefa para os anjos de asas, e o Farofa estava incluído nos que deviam ser protegidos. Toda manhã ele saía de fininho para não sermos pegos, às vezes, ele perdia o horário, mamãe chegava e minha orelha crescia um pouco. O Farofa sempre se safou dos chinelos atirados nele e da excomunhão de mamãe, no fundo, eu achava que ele morria de rir da pontaria dela!

Eu não entendia muito bem as conversas dos adultos, achava as rezas longas demais e até dormia sentada nas tais ladainhas, mas entendia direitinho os miados do meu gato, de fome era um miado insistente, de ameaça era alto feito grito e de ternura era baixinho e fininho, quando ele pulava no meu colo e lambia minha cara com sua língua áspera parecendo uma lixa! Seguramente ele também entendia o que eu falava, mesmo que os adultos não entendessem. Certa vez, um empregado de outra fazenda chegou em casa falando que a seca estava braba e que tinha gente comendo até jacaré. Papai então falou:

– Gato com fome come até sabão!

A partir daquele dia eu passei a dividir meu prato com o Farofa para que ele nunca precisasse comer sabão e morrer soltando espuma pela boca!

À medida que crescíamos, crescia também o nosso amor, até a noite infeliz em que ele não apareceu. Tive vontade de sair da cama, olhar pela janela e chamar por ele, mas o monstro da escuridão estava à espreita debaixo da cama. Chamei os anjos de plantão e pedi para trazerem meu gato, mas eles deviam estar cuidando das asmas das crianças e chorei até o sono vencer a tristeza... Na manhã seguinte, eu o procurei como quem procura agulha no palheiro. Mamãe falou que ele estava namorando e que logo voltaria. Eu odiei essa tal de namorada e desejei que o monstro da escuridão a aprisionasse no esconderijo diurno dele.

A noite seguinte foi uma tortura com chuva, trovões, angústia e saudade... Pela manhã, eu estava queimando de febre. Papai mandou os empregados da fazenda procurar meu gato, mamãe fez uma canja de galinha que tinha gosto de tristeza, tive que engolir umas colheradas para diminuir a insistência dela e vomitar tudo depois, para dar trabalho a ela! Cada um que entrava no quarto eu imaginava o Farofa sendo trazido para mim, mas todos traziam as mãos vazias e o olhar cheio de pena. Mamãe me levou para cama dela, uma parte era boa, porque debaixo da cama dela o monstro não era besta de se esconder, outra parte era ruim porque se o Farofa voltasse, não iria me encontrar e poderia buscar outra dona!

Não sei quanto tempo fiquei doente, após a vinda da benzedeira foram buscar minha avó Henriqueta. Vovó falou que um gato tinha sete vidas, e que o meu deveria estar "urdindo e tecendo" com as vidas dele, mas que um dia voltaria para mim. Não entendi o que era "urdindo e tecendo", mas vovó falou isso com tanto entusiasmo, que deduzi ser coisa boa, assim como brincar de ciranda e jogar versos na roda!

Aos poucos, a febre foi cedendo e eu fui voltando à vida, aprendendo sobre saudade e o quanto doía dentro da gente!

Enquanto vivi na fazenda, noite após noite, eu nunca me esqueci de deixar aberta uma fresta da janela, mas ele nunca se lembrou de voltar...

I

____

DONA SANTINHA,
E A OUTRA SANTINHA!

DESDE QUE ME CONHECI POR GENTE, dona Santinha existia. À medida que eu ia crescendo, ela se mantinha igual, acho que tinha atingido um ponto bom de envelhecimento e não rompia mais, tinha "encroado", como dizia mamãe!

Um dia, perguntei ao papai a idade da dona Santinha, papai falou que se ela não bebeu da água do dilúvio, com certeza havia colhido arroz plantado na lama dele!

Dona Santinha era uma espécie de X-Tudo no povoado mineiro onde meus pais retornaram, após terem morado mais de trinta anos no Paraná.

De rezar terço, aparar menino, lavar defunto, benzer de tudo que é ruinzeira, era tudo com dona Santinha!

Quando mamãe chegou, era dona Santinha que cuidava da pequena capela, onde aos sábados, o povo se reunia para rezar o terço, após o qual, ela passava recolhendo os donativos, para manutenção da casa de Deus, que de vez em quando, recebia a visita de um padre.

O dinheiro arrecadado nos terços e nos leilões que eram realizados, ficavam protegidos por ela debaixo de "sete chaves", era para construir uma igreja grande, onde obrigatoriamente teria um padre vindo de Roma, segundo ela!

Mamãe era uma pessoa de confiança, então foi convocada para fazer a "contança" do dinheiro que ela havia guardado anos e anos a fio. Por um acaso do destino, eu havia chegado de Goiás, com meus três filhos, mais minha mana com os filhos dela, para visitar nossos pais.

Mal amanheceu o dia, chega dona Santinha, com um carrinho de mão onde tinha quatro latas de 20 litros. Mal sabia eu, o que iria presenciar.

Ela descarregou as latas na cozinha, diante do olhar assombrado de mamãe e da minha incredulidade. Por sorte, o resto da casa dormia.

Cada uma de nós pegou uma lata para abrir. Quando abri a minha, saiu uma espécie de cheiro indecifrável, misturado com um pó preto que mais parecia sopro do cão! A mamãe teve a mesma impressão com a lata dela, então estendemos um lençol no lado de fora da casa e viramos sobre ele, o conteúdo. Nunca vi tanto dinheiro mofado junto. As figuras do dinheiro estavam todas mortas, emboloradas. Setenta por cento do dinheiro havia vencido, de real, cruzeiro, cruzeiro novo, cuzado, cruzado velho, cruzado novo, cruzado adolescente, descruzado, tinha de tudo.

O duro, foi explicar para ela que o dinheiro não valia mais nada, ela insistia que se passasse um pano molhado, limpasse o mofo e estendesse no varal para tomar um ar, o dinheiro ficaria novinho em folha. Com muito custo, conseguimos juntar parte da quantia, que era para comprar uma imagem da Virgem Maria, com seu filinho no colo, para colocar na pequena capela.

O mais custoso, era que ela havia guardado moeda e dinheiro de papel na mesma lata, ficou uma muvuca só, as moedas estavam "azinhavradas", tivemos que lavar com escova para reconhecer as figuras. Tudo isso, diante do olhar desconfiado de dona Santinha, que acreditava que aquela dinheirama toda, dava para construir uma grande igreja, fretar um avião para buscar um padre em Roma, e de quebra, trazer sua Santidade o Papa para dar uns "rebordejos" lá no povoado e ela beijar a mão dele!

Conforme o dia ia rompendo, o coração da dona Santinha vinha na boca e ela engolia de volta. Toda hora, chegava alguém que ficava assombrado diante daquele dinheiro todo, e ela parecia uma galinha choca protegendo a ninhada.

As crianças acordaram, e beiraram o montão de moedas para o desespero dela, que corria o olho, mais rápido que carrinho de rolimã ladeira abaixo. Se arrependimento matasse, ela logo, logo ia parar de engolir o coração.

O duro, foi que a notícia se espalhou e aí fiquei pensando até em vender ingresso, para mostrar o estrago, e ajudar a recuperar um pouco o prejuízo.

Com muito custo, conseguimos salvar a metade do dinheiro necessário para pagar a imagem da Virgem, pois o homem responsável pela compra da imagem em Montes Claros, já iria passar para pegar o dinheiro. Fiquei com pena de não comprar a Santinha por faltar dinheiro, aí eu e mamãe juntamos, completanos o que faltava e entregamos para o homem.

Dona Santinha, não arredou o pé do terreiro. Nem para beber água ela saiu de perto da fortuna, engolia o coração a seco mesmo.

Quando pensei em botar fogo naquela dinheirama vencida e fedida, vi ela enrolando pacotinhos e acomodando na lata. Mamãe perguntou se ela tava doida de guardar aquilo e ela respondeu que o mundo dava muitas voltas e que numa delas, o dinheiro podia voltar a valer, afinal "dinheiro é dinheiro!".

Mamãe me olhou, eu a olhei de volta e falei:

– Eu só vou falar, que não vou falar nada!

No final da tarde, dona Santinha recolheu as últimas notas que estavam estendidas no varal secando, fez um rolo, guardou na lata e tampou, depois acomodou todas as quatro latas no carrinho de mão e foi para casa dela.

Dois dias depois, o homem que foi comprar a imagem chegou para entregar a encomenda que estava zelosamente guardada no carro. Mamãe então perguntou:

– O dinheiro deu para comprar uma imagem grande?

O homem respondeu:

– Dona Maria, precisa ver a égua da Santa que comprei, é uma bitelona!

Mamãe indignada falou:

– Seu excomungado, chamou a Nossa Senhora de égua, "bate com o pé na boca que com a mão não chega!".

O homem pediu perdão e mamãe mandou ele se desculpar com Deus e a Virgem Maria.

Depois, levaram a Virgem para o altar, mamãe fez para ela um manto azul, pregou pequenas estrelas de lantejoulas e a Santinha com seu filhinho no colo, parecia sorrir para aquele povo simples, em meio às flores que todos os sábados ornamentavam a singela capela, que quase nunca era visitada por padres, mas sempre, era visitada por Deus!

Meus pais, moravam em um antigo casarão com várias janelas que abriam para a praça, o lugar era tão pequeno, que não tinha ruas, as casas eram espalhadas prá aqui, e prá acolá. A energia elétrica chegava por volta das 20hs e às 22hs, ela ia dormir e o povo também. As crianças aprenderam a brincar as brincadeiras de lá, as mesmas brincadeiras da minha infância, na minha casa da cor do pôr do Sol, em uma fazenda no município de Monte Azul, Minas Gerais.

Na época, não existia celular, era lindo vê-las brincando de passar anel, de pique esconde, de cantigas de roda, e pular corda. Naquele mundo, tão distante da modernidade e tão próximo de Deus, eu sentia que nenhum mal chegaria ali, era como se fosse um cantinho na terra que Deus reservou para sentar na espreguiçadeira D'Ele, e ficar limpando as unhas com um canivetinho, feito meu pai, após um bom banho, quando tira para descansar, após a lida.

Ao entardecer, as crianças iam para a calçada para ver o felizardo que descobriria a primeira estrela. E foi num momento desses que eu estava debruçada na janela, e escutei meu filho dizer:

– Vamos ver se aparece uma estrela "carente" prá gente fazer um pedido!

– Estrela Cadente, corrigiu minha filha, é uma estrela que tem dentro dela uma fada que atende pedidos.

Aí, foi uma chuva de pedidos, cada um queria um brinquedo melhor que o do outro. E para arrematar, um garotinho que morava no vilarejo falou:

– Oçeis pode ficar com essas "brinquedanças" tudinhas, que se esse trem funcionar, eu vou é pedir as quatro latas de dinheiro da dona Santinha, aí eu tô feito na vida!

Hoje, olhando esse passado, parece que alcanço tudo num abrir e fechar de pálpebras, até consigo sentir o cheiro do bolor do dinheiro vencido, visualizo o vermelho do coração da dona Santinha apontando na boca, e escuto ressoar no velho casarão sem forro às 22 horas:

– Bênção mãe, bênção pai, bênção vó, bênção vô, bênção tia...

– Deus te abençoe... Durma com Deus...

– Amém...

I

____

A MÃO DO TEMPO

CADA VEZ QUE VEJO UM CASARÃO abandonado, uma igreja em ruínas, uma estação de trem se desmanchando pela ação dos anos, lamento profundamente o toque da "mão do tempo", porque sinto que ali está morrendo um pedaço de história. Não percebo uma casa, como simples cômodos que abrigam pessoas. Ali, entre as paredes, pessoas sonharam, suspiraram, amaram, sorriram, choraram, rezaram, brigaram, esperaram, nasceram, morreram, viveram... Quantas histórias encerram essas construções, quanta energia ficou impregnada afirmando que histórias foram vividas, e quantos legados, atestam as lendas, que cada alma escreveu.

Quando eu era criança, morava em uma fazenda na zona rural de Monte Azul, Minas Gerais. As vezes, íamos na casa do meu avô, e na volta passávamos em frente uma pequena casa. Cada vez ficava mais difícil vê-la, porque o mato aos poucos, ia tomando conta, e o tempo fazia seu papel de revelar o abandono.

O povo da região, evitava se aproximar daquela casa, porque ela tinha fama de ser "mal-assombrada". Na minha santa ingenuidade, eu entendia que uma casa "mal" assombrada, era boa, porque ruim seria uma casa "bem" assombrada!

Naquela época, o povo tinha mais temor das coisas do além, se alguma rês se dispersava por aquelas bandas da casinha assombrada, os peões acudiam logo cedo, alegando que a partir da "boca da noite" já se ouvia a gemura na casa e o arrastamento de correntes. Nunca entendi porque assombração gostava de arrastar correntes. Certa vez, perguntei a mamãe porque os mortos arrastavam correntes e ela me respondeu que era "sistema". Quando mamãe não sabia as coisas, ela respondia que era sistema, aí, não adiantava insistir, porque a resposta era a mesma:

– Sistema!

Mas, o tempo seguiu movendo os relógios dele incessantemente. Trinta anos depois, voltei ao local onde nasci e tudo havia mudado. A casinha mal-assombrada sucumbiu à passagem das eras, nem mamãe conseguiu identificar o local onde ela ficava. Seguramente, os fantasmas caçaram o rumo deles, foram assombrar em outra freguesia ou largaram mão das gemuras e do arrastamento de correntes.

Assim, como essa casinha que permeou minha infância, muitos casarões estão morrendo, muitos fantasmas vagando sem eira nem beira e nem correntes, muita história está se perdendo e muita memória está sendo apagada. Dia virá, que o homem olhará para trás, a procura das marcas dos seus passos e nada mais encontrará.

É necessário preservar, cuidar, zelar, restaurar e manter a originalidade das relíquias que contam a história do nosso

País, que declaram fatos, que revelam sobre os costumes da época, para que a "beleza antiga" sobreviva ao tempo, ao vento e ao homem, que ao meu ver, segue sendo o maior e mais ganancioso predador da história.

CAUSOS DE MAL-ASSOMBRO

QUANDO EU ERA CRIANÇA, e vivia na nossa casa da cor do pôr do Sol, em uma fazenda, no estado de Minas Gerais, a coisa que mais tinha medo, era de escutar "causos de assombração!".

Após o jantar, sentávamos na calçada em frente a casa, e algum peão buscava na "casa do medo, dentro dele", os "desabençoados" causos de mal-assombro! Eu sabia, que me fariam perder o sono, o sonho e a paz. Todos os dias, eu me prometia que nunca mais iria escutar aquelas porcarias, todos os dias eu mentia, e escutava.

Foi aí, que o tal do Chico vaqueiro, começou a contar o causo que ele presenciou. Rezei para que fosse uma assombração que tivesse "Deus no coração", que não assombrasse tanto, mas adulto adora amofinar criança, adulto é um povo que não escutou a parte do "vinde a mim as criancinhas".

O Chico caçou na goela, a voz mais assustadora e começou:

– Ano passado, eu e mais quatro vaqueiros, resolvemos ir buscar uma boiada lá pelas bandas da Gurutuba. Já na boca da noite, formou um temporal medonho, o rio encheu e não dava para seguir adiante. Foi aí, que tocamos para um rancho abandonado ali perto, pra passar a noite. Acendemos um fogo pra ajudar a secar a roupa e espantar o frio. Questão de meio quilômetro atrás, nós tínhamos cruzado a casa das sete mortes, só que apesar de abandonada, ninguém entrava lá, por conta das visagens dos sete escravos que morreram amarrados no porão, e arrastavam correntes a noite toda, sem contar os "gemidos" de dor!

Senti que já tava bom o tanto de medo que tinha incutido em mim. Nunca entendi o "arrastismo de correntes e nem as gemuras", parece que isso é a primeira coisa que fantasma aprende. Me deu uma vontade de ir dormir, mas meus pais estavam na cozinha, conversando sobre coisas menos assustadoras, eu escutava a fala deles, mas cadê perna para ir até lá?

Aí o Chico que tinha parado para enrolar um "paieiro", prosseguiu:

– Falei para os companheiros: "Pois é, gente, nóis bem que podia estar lá dentro daquele casarão, vai ver que lá deve ter até fogão e cama prá nóis dormir, mas vocês são um bando de vaqueiro medroso que morre de medo de assombração".

Nisso, escutaram um barulho fora do rancho, ficaram de cabelo em pé e oração na boca. De repente, entra uma coruja, mais encharcada que eles, se acomoda em um cantinho perto do fogo e fica só aproveitando a quenturinha.

– Os vaqueiros negaram "pela mãe deles morta em cima da mesa" que ninguém tinha medo de assombração, mas o que eles tinham, era respeito pela propriedade alheia.

Para provar a coragem, cada um contou uma passagem de assombração pior que a do outro. Era defunto que encontraram com o caixão nas costas, outro contou, que tinha um que não conformava que não achava a cabeça, outro falava de uma família que havia encontrado, que carregava junto a assombração do cachorro. Nós quatro, passamos a noite inteira só falando de assombração pra provar que ninguém tinha medo.

"Quando o dia já estava clareando, começamos a arrumar as traia para seguir viagem, nisso, a coruja deu uma espreguiçada, cresceu pra mais de metro e falou: – Eita moçada corajosa que não tem medo de assombração!

Depois deu um pipoco, e virou uma bufa no ar!

Procurei pelos companheiros e nada, com muito custo achei um engarranchado em um espinheiro, outro acho que foi junto, no pipoco da coruja, e o outro, atravessou o rio a nado e está correndo até hoje!".

Eu olhei para o povo que estava rindo, só que era tudo riso amarelo, riso de quem estava morrendo de medo feito eu.

Naquela noite, implorei para alguém dormir comigo. Beirei a cama da mamãe, mas ela não cedeu, me mandou rezar para Nossa Senhora do livramento me libertar do medo, que eu ia dormir que era uma beleza! Eu rezei todas as orações que sabia e inventei outras tantas. Implorei ao meu anjo da guarda que me trouxesse o sono, mas acho que ele estava de calundu, porque nem *tchum* pra mim, o medo era tanto que eu tremia feito vara verde!

A barra do dia já estava formada quando, com muito custo, caí num cochilo, nisso, uma coruja enxerida piou bem no rumo da janela do meu quarto!

Não sei se alguém já leu ou escutou sobre essa história da "Coruja Asssombrada", não sei se de fato aconteceu ou se foi "invencionismo" de peão, só sei que até hoje, não acho graça nenhuma em coruja.

PROSA COM DEUS

QUANDO ACORDEI NAQUELA MANHÃ para ir com papai ao curral, tomar meu leitinho tirado na hora, o tempo estava embaçado, depois Deus derramou uma chuva, limpou as vidraças do mundo e salpicou nuvens prá aqui e prá acolá, no céu que Ele tinha derramado anil, igual a mamãe derrama nas roupas.

Eu peguei meu embornal e ia saindo feliz, cantando feito passarinho que canta por toda razão e até sem razão nenhuma. Mamãe me deu uma segurada e falou:

— A senhorinha não vai "urdir e tecer" por aí não, hoje começa a novena aqui em casa e todo mundo tem que comparecer.

Eu sabia que a novena era uma rezação sem fim, onde se falava, refalava e trefalava as mesmas palavras, no meio da reza, eu dormia e o penicão comia.

Falei para a mamãe que a reza era na boca da noite, que eu voltava antes, mas ela só me olhou de comprido, e eu sabia que a olhada de comprido, quando a bola do olho vai para o canto, era para dizer:

— Não, fica quieta, não insista, não dê um pio e cala a boca!

Já que eu não podia sair, resolvi dar um dedo de prosa com a mamãe que estava amassando biscoito de polvilho para ser oferecido com café medroso depois da rezação! Para quem não sabe, café medroso vem com biscoito e café corajoso vem sozinho, vovó que me ensinou. Fiquei com o queixo firmado na mesa em frente a gamela do amassamento do biscoito e perguntei:

— Mãe, de que cor é o cabelo da noite?

E ela respondeu:

— A noite não tem cabelo, como ela vai ter cabelo se não tem corpo nem cabeça?

Aí eu perguntei novamente:

— Se não tem cabeça onde fica a boca dela? Todo mundo fala na "boca da noite", onde é a boca da noite então?

Mamãe, amassando biscoito tava, amassando biscoito ficou, e só chamou a Ana para quebrar mais uns ovos. Perguntei para Ana se ela sabia onde a boca da noite ficava, Ana como sempre me mandou lamber sabão.

Eu estava gasturenta, sem lugar para ficar, para minha sorte, papai chegou, veio pegar um martelo para consertar um arame de cerca que estava despencando, resolvi acompanhar ele, já que ali, ninguém ia me responder nada. Papai arrumou a cerca e resolveu dar uns bordejos dentro da floresta que ficava próxima a casa, e onde eu me aventurava dia sim e dia também. Ele me mostrava as árvores e dizia o nome de cada uma, depois apontava de volta para eu repetir o nome. Eu ficava desconsolada quando errava um nome de árvore.

Mais uma vez, fomos ver o grande Jequitibá que segundo papai, era a maior árvore do mundo e não existia nem vento nem tempestade que a derrubasse. Perguntei a ele se a árvore chegaria até as nuvens, ele respondeu que o Jequitibá passaria das nuvens logo, logo! Fiquei pensando na história do menino que plantou o feijão mágico e entrou no céu, eu nem do feijão ia precisar, era só subir no Jequitibá.

Chegamos em casa e a mamãe já me mandou tirar a roupa e entrar na tina d'água para tirar os macucos. Sabia que depois, vinha a caçada dos bichos de pé, para ela e Ana ficarem dizendo que eu parecia um bicho do mato. Meu cabelo era lavado com sabonete, essa parte eu gostava porque era cheiroso, depois passavam banha de galinha, essa parte eu não gostava, porque era fedida.

Quando o meu cabelo secava, faziam duas tranças tão apertadas, mas tão apertadas, que meus olhos ficavam compridos e rasos, a Ana falava que a trança apertada demorava mais para desmanchar, e como eu era desmanzelada, tinha que ser assim. Mamãe esfregava meus pés com uma bucha, que quando estava nova arrancava a capela do pé, era muita judiaria, depois ainda pingavam creolina no lugar da tirada dos bichos. Nem adiantava o tal banho de zelo, se depois eu ficava era fedida.

Quando chegou a boca da noite, as pessoas começaram a se achegar para a rezança. Como sempre, eu tinha que tomar a benção à quem chegava, e como sempre eu achava uma ruinzeira só.

Os homens ficavam de um lado da sala, as mulheres do outro lado e o altarzinho da Santa homenageada ficava no meio. As mulheres mais velhas falavam uma parte da reza e as outras ficavam na repetição. Todas tinham o rosário nas mãos e iam correndo as bolinhas com os dedos. A reza parecia cantiga de grilo, sempre na mesma toada. Volta e meia elas mudavam o palavreado, mas logo voltavam para a cantiga de grilo.

Eu estava sentada ao lado da Ana, já estava com o lombo roxo de tanto penicão, não sei como uma pessoa pode rezar com a boca e penicar com a unha, penso que a Santa não se agrada dessas malvadezas. Olhei para as mulheres e elas estavam todas rezando de olho fechado, aí eu aproveitei e fui sentar perto da minha avó. Papai e vovô estavam na minha frente, e vi que eles só mechiam a boca sem falar o palavreado da reza, acho que eles não sabiam era nada. Finalmente a reza acabou, foi uma beijação na Santinha e depois todos fomos comer biscoito e tomar café na xícara esmaltada, que deixa o couro do beiço colado na beirada dela.

Aos poucos o pessoal foi se retirando para o sossego do papai que já estava agoniado.

Papai então perguntou para mamãe se aquele tanto de reza era para muitos santos. Mamãe falou que a novena era para Nossa Senhora. Papai retrucou e disse que era muito barulho para uma Santa só! Ela apenas falou que ele era um herege! Papai nem *tchum* para responder, foi sentar na calçada, limpar debaixo das unhas com a canivetinho dele, enquanto esperava a janta.

Eu também não tinha me agradado da Santinha que recebeu o ofertório da reza, ela estava sozinha em cima de uma nuvem e eu gostava era da Santinha com o filhinho no colo. Não falei nada para mamãe não me chamar de herege também.

No dia seguinte, mamãe mandou eu chamar o papai para se arrumar para outra sessão da reza. Papai falou que não ia para rezança nenhuma.

Contei para mamãe que ele disse que não ia. Mamãe falou:

— Volta lá e diz para seu pai, que quando a gente começa uma novena, Nossa Senhora se ajoelha no céu e ela só levanta quando todos que começaram terminarem a novena.

Fui lá e falei do ajoelhamento da Santa nos nove dias para o papai e ele respondeu:

— Fala para sua mãe, se a Santa quiser ficar amuada de joelhos, vai ficar, porque eu não vou bater boca com Santa nenhuma.

Dei o recado do papai e sem querer começei a dar risada. Mamãe falou que ele era herege e eu também. A Ana entrou na conversa e afirmou que papai era do tipo que nunca ajoelhou na frente de um altar.

A reza foi na casa da dona Domingas que tinha um filho com problemas no quengo. Sentei no canto do banco ao lado de mamãe que não me penicava na reza. No primeiro "rogai por nós" eu já tava dormindo.

E assim foi, boca da noite, após boca da noite, até completar as nove rezas prometidas para a Santinha se levantar do ajoelhamento. Por conta do papai, não sei como ficou a situação dela, quase perguntei a mamãe, mas eu também não estava no agrado dela por causa das dormidas na reza.

Um dia, do nada meu avô ficou doente. Não era doença de vento virado, espinhela caída nem nada, era uma doença que não sarava com benzimento nenhum. Levaram meu avô para Montes Claros e ele voltou pior do que tinha ido. Todos os dias, papai ia na casa dele e vovô só ficava deitadinho na cama. As crianças não podiam entrar no quarto para não perturbar ele, eu só o olhava da porta, mas me dava vontade de segurar a mão dele e recitar "simpatia meu anjinho, é o canto do passarinho, é o doce perfume da flor. São nuvens de um céu de agosto, é o que me inspira seu rosto, simpatia é quase amor!".

Vovô que me ensinou poesia de tanto ler para mim, e como ele falou, eu era a menina mais sabida do mundo, eu decorei e recitava para ele. Toda hora, tinha alguém rezando para o vovô sarar. Vovó dizia:

– Vamos pegar com Deus, vamos ter fé e pegar com Deus!

Aí eu pensava: "A essas alturas, o Jequitibá já atravessou as nuvens e está dentro do céu, é só alguém subir lá, entrar na nuvem, caçar Deus, e pedir para ele sarar meu avô".

Me dava uma vontade de falar essas coisas, mas criança não podia falar nada para não sentir o currião cantar.

Vovô foi minguando, minguando até que descansou para sempre, foi para o céu, e foi então que eu aprendi o que era tristeza, e que depois dela, vinha a tal da saudade!

Um dia, eu olhando o Jequitibá pensei que se minhas perninhas fossem maiores, eu bem que poderia subir nele, entrar no céu, caçar meu avô e recitar uns versos para ele, mas eu era só uma menininha minguada com trança cheirando a banha de galinha, que não dava conta de nada. O jeito, era ficar com o coração cheio de vazio por conta da mudança do vovô para o céu.

Quando eu falava para mamãe que sentia falta do meu avô e que via ele no meu quarto, ela falava que era para eu rezar para a alma dele descansar, mas eu não rezava, tinha medo que se a alma dele descansasse muito, não ia mais aparecer para mim.

Mamãe falou que ia mandar rezar uma missa para o vovô e que o papai tinha que ir na igreja. A Ana falou que o papai era herege, que nunca tinha entrado em uma igreja e nem se ajoelhado frente ao altar para falar com Deus.

Papai estava sentado na calçada, olhando o Sol que estava indo dormir. Perguntei a ele:

– Papai, a Ana falou que o senhor nunca se ajoelhou na frente de um altar de uma igreja para falar com Deus, é verdade? O Senhor não reza pra Deus?

– É mentira dela fia, a Ana é linguaruda, ela não sabe de nada. Quem garante que tem que ir na igreja para prosear com Deus?

"Quando eu vejo a roça branquinha de flor de algodão, eu sei que foi Deus que fez ela chegar no ponto da colheita, eu bato o joelho no chão e agradeço a Ele. Quando um de vocês adoece, eu venho aqui pra fora, olho as estrelas e peço de pai para pai, para sarar o que estiver doente.

Quando tá a maior secura, eu peço a Deus, para mandar chuva de acordo com meu merecimento. Quando vejo o bitelo daquele Jequitibá, eu também ajoelho, porque para mim, aquele é um altar que Deus plantou, toda árvore é um altar. Olha fia, não tem um dia, que eu fecho os olhos para dormir, nem abro os olhos para acordar, sem agradecer a Deus por toda a riqueza que Ele me deu.

Prá que eu vou caçar Deus em igreja de cidade? Vou não fia, vou não! Espia esse pôr de Sol, fia, quem você acha que desenhou essa belezura diante dos nossos olhos agora?".

– Foi Deus, não foi papai?

— Foi fia, dia após dia Ele faz isso, desde que o mundo é mundo...

O Sol se foi, eu encostei no meu pai e aprendi sobre outro Deus, o Deus da Prosa!

Um Deus que não precisa ir na igreja para uma prosa, um Deus que faz altar em árvore, um Deus que navega nas ondas do mar, que faz desenho nas nuvens e brinca de jogar estrelas com os anjos. Um Deus que caminha do lado da gente e se precisar, carrega a gente no colo. Um Deus que brota em cada flor, sorri em cada criança e canta em cada passarinho.

Um Deus, que costurou na minha mente, todas as minhas lembranças de menina, que usava tranças e corria em meio ao campo, atrás das flores, borboletas e sonhos...

I

IPÊS, CASARÃO E PASSARINHOS...

LÁ PELOS IDOS DE 2004, eu cursava Fotografia, na UCG, e a professora deu como tarefa, fotografar ipês floridos, pois era "tempo de ipês!".

Assim, em uma manhã de domingo, peguei meu neto Jocenir de cinco anos, e saímos à caça das árvores generosas que enfeitam a aridez do Cerrado Goiano.

Não tracei rota, desde que percorri caminho e me tornei uma peregrina, aprendi a seguir minhas setas interiores, e elas sempre me levavam para lugares onde a vida não doía...

Alguns quilômetros rodados e nada de ipê florido. Foi quando, na beira da estrada, vimos um garoto balançando uma gaiola, com um pobre pássaro que já devia estar tonto, de tanto ser ofertado à venda.

Nunca suportei aves presas, não aprendi vê-las assim, mamãe criava não sei quantos Beija-flores, Bem-te-Vis, Sabiás, Canarinhos e outros tantos "fregueses" do banquete de frutas, alpiste e quireras que ela e papai distribuíam, em

83

pequenos caixotes de madeira, sobre as árvores do quintal da minha casa.

"A mão que aprisiona uma ave, não alcança a mão de Deus!". Esse era o ditado que cresci escutando mamãe dizer, esse aprendizado repassei aos meus filhos e ao meu neto.

Parei o carro, o garoto correu com a gaiola na mão, e o meu neto correu de encontro.

Tempos atrás em Goiânia, havíamos comprado um canarinho em uma feira, depois fomos a uma mata onde havia muitos pássaros, e o soltamos. Quando ele foi contar para a professora nosso feito, ele acrescentou que o passarinho foi embora sorrindo, porque estava livre para brincar com os outros amiguinhos dele.

Perguntei ao garoto quanto ele queria pelo passarinho e ele respondeu que queria dez reais.

Falei que estava caro, que não queria a gaiola, só o passarinho. Ele me perguntou se eu tinha gaiola no carro. Falei que não importava e que queria só o passarinho! Ele então me vendeu a ave por cinco reais. Dei o dinheiro e pedi a ele que entregasse a ave ao meu neto, o garoto relutou, falou que o pássaro iria fugir. "Entrega", falei, e ele entregou.

Meu neto segurou a ave, como quem segura um tesouro, acariciou a cabeça dela e disse:

– Vá embora para sua casinha, voa forte para bem longe...

Depois levantou o mais alto que pôde seus pequenos braços, a libertou e ficou olhando a ave, até que se tornou um pequenino ponto que se mesclou ao azul do céu!

O outro garoto, não entendeu como alguém compra uma ave para soltar, pois eram garotos de realidades distintas, um prendia pássaros para vender e ajudar no orçamento, às vezes até para comprar seus cadernos e livros, a necessidade o eximia de qualquer culpa. O outro vinha de uma vida sem dureza, podia libertar aves, tinha quem bancava seus ideais!

Seguimos em busca dos ipês, menos de três quilômetros, me aparece um senhor balançando outra gaiola em frente a um rancho de sapê.

E eu só escutei:

– Outro passarinho Guegui (ele nunca me chamou de vovó) hoje estamos com sorte!

Seguramente para ele, soltar passarinhos era uma espécie de bênção, coisa de Deus, como dizia ele para algo muito bom!

Nova negociada, quando tudo estava acertado, o homem falou que tinha mais dois passarinhos em uma gaiola no rancho.

O meu neto olhou pra mim e perguntou:

– Guegui, mais dois passarinhos a senhora fica quebrada?

Quase respondi que ficaria mais quebrada que arroz de terceira, mas a compaixão pelas aves presas estava estampada nos olhos, misturada à inocência que lhe regia os sentimentos, e acabei comprando mais três aves que segundo ele, voltaram para suas mamães.

Após as "famigeradas compras" chamei São Francisco na regulagem, falei que minha função naquele dia, era fotografar ipês, e que salvar aves era a função dele.

Cantei todas as canções de ninar, para ver se meu neto dormia, mas os olhos atentos nem piscavam, meu medo de ter que comprar mais aves, só aumentava, e nada de ipês floridos.

Após cruzarmos um pequeno riacho que serpenteava em meio a uma paisagem de cartão postal, avistei uma "cabecinha amarela", peguei uma estreita estradinha de chão e segui toda faceira rumo ao meu ipê. Havia um senhor, descendo pela estrada, dei boa tarde, e fui logo falando que era fotógrafa e estava querendo fotografar um ipê. Ele então me falou que o ipê ficava em frente a sua casa e que fazia três dias que ele "amostrou as flores" que todo ano, nessa época de secura, ele "amostrava".

Ofereci ao homem uma carona, ele aceitou com alegria. Na época, eu tinha uma Pajero, e ele me falou que sempre teve vontade de andar em um carro bruto, feito o meu!

Perguntei se as terras lhe pertenciam, ele me disse que apenas tomava conta da fazenda, que tava nas mãos dos herdeiros há mais de dez anos, e que era só "brigaceira" dos donos. A fazenda estava sem produzir nada, ele cuidava para não ser invadida e fazia o que tava ao alcance dele.

Chegamos a um antigo casarão, cuja visão, molhou meus olhos de saudade, ao me lembrar do casarão do vovô Lourenço, no meu saudoso estado de Minas Gerais.

Perguntei a ele sobre o casarão e a resposta veio rápida e precisa!

— Dona, isso aí é mais véio que cagá agachado!

Falei "hum", mas, um *hummmmm* bem comprido, porque fiquei sem saber o que dizer diante da espontaneidade da frase.

E ele continuou:

— Esse casarão é do tempo da "escravatura" morreu muitos escravos aí, na judiaria! Uma das herdeiras falou que ia fazer desse casarão um hotel, mas acho que não vinga não. Isso aí é mal-assombrado, o povo fala que a noite é só "gemura" e arrastamento de corrente. Nem eu, nem minha véia aberamos essa casa velha!

Cruzamos um pequeno milharal, e após uma curva fechada, para meu deleite, me deparo com o ipê mais lindo que Deus havia plantado. Fiquei tão extasiada, que nem percebi a senhorinha que saía de dentro da humilde casa, para me receber.

– Tarde, dona!

Foi aí que percebi aquela figura franzina, enxugando as mãos no avental e estendendo em minha direção.

– Boa tarde! – respondi. – Desculpe estar invadindo sua casa, mas eu vi esse ipê lá do asfalto e vim aqui para fotografar.

Ela então me convidou a entrar, ofereceu água, que acabou virando café e que por ser medroso, veio acompanhado de biscoito de polvilho.

Dona Lurdinha e seu Toinho viviam prá mais de vinte anos naquele lugar. Tiveram uma filha, que "descabeçou", caiu no mundo e nunca mais souberam dela.

Havia uma nota de tristeza, misturada à esperança, quando dona Lurdinha falava na filha. Seu Toinho, nada falou, a dor dele era silenciosa, uma dor conformada que, às vezes, a saudade sacode, e ele volta a acomodar, para não doer demais da conta.

Tentei descobrir mais sobre o casarão. Perguntei se podia entrar lá, mas me disseram que as chaves estavam com os herdeiros, que tinha muitos morcegos lá dentro e que o piso de madeira havia se acabado.

Garantiram-me que o casarão tinha mais de duzentos anos e muita dor dentro dele...

Meu neto encontrou uma rede, onde seguramente seu Toinho pitava o paieiro dele, no seu momento "relax", quando vi, estava dormindo.

Após o café, aproveitei que a luz estava bonita e fui fotografar meu ipê.

Em agradecimento, fiz várias fotos do casal com o ipê ao fundo, eu tinha uma câmera profissional, com um visor bem grande, mostrei a eles as fotos e os dois ficaram encantados. Prometi que passaria as fotos para o papel e que levaria para eles guardarem de lembrança.

Nesse ínterim, chegou um senhor de bicicleta, dona Lurdinha então indagou:

– Dá pra senhora mostrar a ele o nosso retrato nessa televisãosinha da senhora?

Então mostrei, remostrei e tremostrei as imagens para a alegria da dona Lurdinha, que parecia uma menina exibindo para a amiga, sua boneca mais bonita.

Meu neto havia acordado, e falei que já íamos embora para não ter que dirigir a noite. Despedi-me dos meus amáveis anfitriões, agradeci toda gentileza e acolhimento, já ia sair quando meu neto inventa que queria beber água no pote da cozinha e fazer xixi.

– Vá rápido então!

Ficamos de "cunversê" enquanto esperava o menino, seu Toinho falou que sempre pediu ao povo para fazer um retrato do ipê e ninguém nem "tchum", mas que ele ia mostrar a eles o quanto a árvore era linda.

Conversa vai, conversa vem, e o menino não vem. Foi então que dei um toque na buzina e ele apareceu correndo feito um tiro, entrou esbaforido no carro e falou:

– Arranca Gueguinha, arranca e vamos embora!

E insistiu "vamos, vamos", que acabei saindo meio que bruscamente, sem entender a razão da pressa.

Quando parei frente ao casarão para fazer fotos, o menino gritou:

– Não para, não para que o seu Toinho vai cobrar muito dinheiro da senhora!

– Cobrar o que? Que dinheiro? Porque cobrar?

– Porque eu fui atrás da casa dele, tinha um monte de gaiola e eu soltei um por um dos passarinhos dele!

Eu só pedi a Deus, para não deixar furar nenhum pneu, até eu sair do alcance da mira da raiva do seu Toinho, e das pragas da dona Lurdinha.

Depois do feito que não podia ser desfeito, expliquei a ele sobre respeito à propriedade alheia, sobre as vezes que temos que engolir nossa indignação e desviar, para não bater de frente, nas atrocidades que vem de encontro aos nossos ideais. Que os reveses da vida, nos colocavam face a face, com realidades que temos que aceitar, e deixar o julgamento à Deus.

Muitos anos, ainda seguimos juntos, libertando pássaros, fotografando ipês, "urdindo e tecendo", como dizia mamãe, enquanto ele dizia que quando fosse adulto, seria "prefeito do mundo" e ao lado de todas as estradas, iria mandar fazer florestas de ipês, e todos os passarinhos do planeta, viriam morar nessas florestas.

Hoje, olhando para trás, tenho o afago da minha consciência, por ter dado ao meu neto, uma avó meio maluquinha, uma avó excessivamente sonhadora, que às vezes metia os pés pelas mãos, mas ainda assim, sigo segura de que dei a ele, a melhor avó que havia em meu coração!

N.A – Para Jocenir Neto, com amor, da sua Gueguinha!

UM CÃO CHAMADO BARQUEIRO

SEU NOME ERA BARQUEIRO. Não sei se tinha raça, mas era o cão mais "raçudo" que Deus mandou para a terra! Quando eu nasci, ele já fazia parte da família. Não sei quando ele nasceu, só sei que ele não era da época que segundo os mais velhos, se "amarrava cachorro com linguiça", até porque ele ficava de prontidão, esperando alguma "rebarba", quando matavam porco e faziam linguiça, lá na nossa casa da cor do pôr do Sol, em meio às montanhas azuis, em Minas Gerais.

A primeira lembrança que tenho dele, é de acordar bem cedo, para ir ao curral com papai. Ele ia tirar leite e me levava no colo, enquanto eu segurava minha canequinha esmaltada, de pequenas florzinhas gordinhas, que eu achava um mimo.

Papai me colocava sentadinha sobre a porteira do curral, tirava aquele tantão de espuma e enchia a caneca, eu me lembro da sensação das bolhas de espuma formando meu "bigodinho branco", que eu deixava só para papai achar engraçado e limpar. Depois íamos para casa, ele me carregava em um braço e na outra mão levava o balde de leite. Todos os dias ele dizia:

– Fia, você está muito pesada, amanhã você vai andando!

Esse amanhã, nunca chegou.

Mamãe colocava o leite para ferver, enquanto a Ana, (uma serviçal/mãe, com direito a puxar nossas orelhas e dar safanões) amassava biscoito de polvilho, aquele, que até as meninas dos olhos saem de perto quando fritam, para não levar respingos de banha quente!

Eu ficava sentadinha esperando o café coado e sempre colocava meus pés em cima do Barqueiro, porque era quente, macio, mantinha meus pés bem quentinhos e era algo muito, mas muito bom.

Depois, ele saía com papai para auxiliar na lida do gado, papai dizia que ele valia mais que muitos peões, então eu entendi porque papai me ajudava a dar biscoito escondido da mamãe para ele. Barqueiro era tão esperto que não mastigava na frente das duas, papai dizia isso e achava muita graça.

Mamãe não dava muita "trela" para ele, mas quando era para pegar uma galinha para por na panela, ela se valia da esperteza dele, apontava a infeliz da galinha e dizia:

– Pega Barqueiro!

Em menos de um minuto a galinha estava presa debaixo das grandes patas, e ele ficava todo faceiro com o elogio e o cafuné da mamãe!

Mamãe não paparicava, mas, amava o Barqueiro do jeito dela. Um dia, eu a ouvi dizendo a irmã, que Barqueiro só não falava porque Deus não dava permissão, mas que entendia tudo. Falou que quando papai estava voltando das viagens com a comitiva, ele tocava berrante, e o Barqueiro ficava pulando, latindo de alegria, porque reconhecia o toque do berrante do papai. Porque sabia que seu amigo estava voltando para ele.

Eu e o Barqueiro, adorávamos escutar o papai tocar berrante! O toque do berrante me encantava e incafifava, eu não dava conta de entender, como aquele chifre retorcido guardava dentro dele aquele som tão bonito, mas aí entregava meu "encafifamento" para Deus. Mamãe dizia que o que a gente não desse conta, era para entregar para Deus!

Às vezes, eu pensava em Deus e ficava com pena D'Ele. Em todas conversas de adultos que eu escutava, sempre tinha alguém entregando alguma coisa para Deus. Uma vez, roubaram uma boiada inteira de um compadre do papai, o tal compadre queria sair à caça dos ladrões, mamãe mandou entregar para Deus. Naquela noite, fiquei matutando como Deus ia fazer, para receber tanto gado lá no céu, sem papai para tocar berrante e sem Barqueiro para ataiar o gado.

Assim, entre flores do campo, borboletas, nuvens e montanhas, a vida seguia seu curso e eu usava o recurso que ela me dava. Quando papai viajava, ou não ia para a lida do gado, eu e o Barqueiro ganhavámos o mundo. Pegava meu embornal, colocava dentro alguns biscoitos "explosivos", pedaços de rapadura e saía porta afora, bem rápido, antes de escutar a mamãe falar que um dia, uma cobra ia me ofender e eu ia morrer soltando espuma pelo nariz e pela boca.

Nunca fui tão rápida, para não escutar a parte da "espuma", que eu tanto odiava.

Certa feita, fui a um velório com meus avós, quando chegamos, vovô falou para meu tio que o "finado Deocleciano" tinha morrido de nó nas tripas e foi aí que falei:

— Foi não vovô, ele morreu ofendido de cobra, tinha algodão no nariz dele para não sair espuma!

Um olhou para o outro, o outro olhou para o um e ninguém falou nada, ficaram papudos segurando o riso, que também não entendi.

Voltando à ele, Barqueiro era um amigo que me fazia sentir valente, ao lado dele eu sabia que nada nem ninguém poderia me ameaçar. Tomávamos banho de rio, de chuva e até tomávamos surra juntos, eu porque demorei a voltar para casa e ele porque estava de "conluio", mamãe adorava falar isso:

– Esse cachorro vive de "conluio" com essa menina!

Eu não sabia o significado de "conluio", mas, deduzi que "conluio" era outro tipo de amizade, uma amizade entre gente e cão, uma amizade ainda muito maior e mais bonita, que a amizade entre gente e gente.

Um dia, ao entardecer, escutamos uma briga de cachorros bem na porteira da fazenda, papai correu lá com os peões, e expulsaram o cão invasor a pauladas. Barqueiro estava ferido e sangrava na cabeça.

Papai entrou na cozinha, muito nervoso, pegou a espingarda sobre a parede, pegou um enxadão e chamou o Barqueiro. Os dois entraram na mata onde brincávamos. Eu escutei um tiro, mais que isso: eu senti o tiro atingindo meu coração de criança, doeu tanto, tanto, que mamãe me abraçou e chorou junto.

Eu sempre escutava falar, que se um cachorro louco, mordesse outro cachorro, o cão mordido também ficava louco. Deduzi que o cachorro louco havia mordido o meu Barqueiro e papai o matou para que não enloquecesse.

Já estava anoitecendo quando papai voltou sozinho, foi a primeira vez que o vi chorar. Ele segurava o chapéu no colo, passava os dedos ao redor da aba do chapéu e chorava baixinho, acho que na época não achavam bonito homem chorar, acho que nem podia!

Mamãe entregou a ele o prato de comida que havia guardado, ele não quis, saiu para o terreiro e foi chorar pelo seu cão, onde as estrelas poderiam escutar seu choro, sem nenhum julgamento. Eu deitei em minha cama debaixo da janela, também chorei com as estrelas até o choro me levar ao sono e ao sonho, onde encontrei o nosso cão correndo no céu dos bichos, em um lugar encantado onde a vida é para sempre.

Papai ficou alguns dias chorando por dentro, e eu chorava pelos dois. Nunca mais ninguém tocou no assunto, para que a dor não voltasse a doer e a escorrer nos olhos.

Mamãe deve ter entregado a dor dela para Deus, papai guardou a dele, era uma dor leal, a dor do amor de um homem pelo seu cão!

A minha dor, cresceu comigo, depois virou amor e me ensinou a amar mais e mais os animais.

Papai nunca mais quis ter outro cão, e eu, nunca mais tive bigodinho de espuma de leite, e nem tive meus pés "quentinhos", nunca mais...

PAPAI NOEL EXISTE?

ATÉ OS SETE ANOS DE IDADE, eu vivi em uma fazenda que ficava em um vale, cercado de montanhas azuis no estado de Minas Gerais.

O ano todo, esperávamos a festa de São João que era comemorada com muita alegria. A cantoria ficava por conta dos violeiros e sanfoneiros, que pegavam as emoções nas almas deles, derramavam na alma da gente, prá alma ficar bestinha, bestinha de tanta lindeza. A casa do meu avô, sempre foi o lugar onde essas festanças aconteciam. No terreiro da frente do grande casarão, era montada uma fogueira tão grande, mas tão grande, que eu achava que quando acendessem, poderia até alcançar o céu, e sapecar as penas dos Anjos.

Criança vê tudo grande, do tamanho da imaginação delas, e a minha era do tamanho da distância da terra ao céu de ida e volta. Por ocasião da fogueira, a mamãe mandava fazer vestidos novos para ela e para suas meninas. Os meus vestidos eram sempre rodados e eu amava ficar rodopiando só para ver a belezura da roda do vestido se abrir.

Sempre assavam uma infinidade de carnes de gado, frango, porco, assavam biscoitos e dedos de "menino perguntadô!". Era isso que os assadores respondiam quando a molecada perguntava o que estavam assando. Cada família que chegava, anunciada pela cantiga dos carros de bois, era uma "saraivada" de foguetório que subia ao céu.

O coronel Levi que era autoridade assim como meu avô, e tinha "distinção", assim também como meu avô, por conta disso, ganhava mais foguetório que os outros simples festeiros, sem a famigerada distinção! Quando a fogueira se estinguia, os adultos pulavam as brasas de mãos dadas, selavam o tal do "cumpadrimento e cumadrimento" de fogueira e repetiam : "São João disse, São Pedro concordou, vamos ser comadres que Jesus Cristo confirmou!".

Também tinha o tal do apadrinhamento e amadrinhamento que era quando os mais velhos pulavam as brasas da fogueira com as crianças. Todo ano eu ficava na torcida para ganhar padrinhos e madrinhas, não me lembro de ter sido escolhida por ninguém. Também, eu não tinha muita paciência para ficar ali sentada "cangando grilo", esperando alguém me escolher, não quando tinha tantos vagalumes para eu correr atrás.

Essa, era a festa máxima que se conhecia na roça. Quando eu tinha por volta de seis anos, fomos na cidade visitar uns primos do papai. Foi nesse desaventurado passeio que descobri o Papai Noel! E descobri também que pelo tamanho do respeito devotado à ele, só podia ter a tal da "distinção" feito o coronel Levi e o vovô Lourenço.

Chegamos à casa dos primos pela manhã. Eu estava desperta porque havia dormido a viagem inteira no trem de ferro, estava eufórica para brincar e ao chegar na casa, a meninada estava toda de brinquedos novos, aqueles brinquedos que nem deixam a gente olhar, com medo que os olhos estraguem. Perguntaram para mim o que Papai Noel havia me trazido naquele Natal, mas eu sequer sabia o que era Natal e Papai Noel. Achei que deveria ser pai de alguém, um pai bondoso que distribuía brinquedos e não me conhecia!

Perguntei a minha prima como fazia para ter uma boneca de celuloide como a dela, que era linda, linda, linda e fechava os olhos. Ela então me respondeu que era só escrever uma cartinha e por na janela de noite, que pela manhã Papai Noel trazia o brinquedo. Eu não tinha leitura, pedi a prima "letrada" para escrever uma cartinha para mim. Ela me olhou "rindo por dentro" e falou:

– Agora, Natal só ano que vem, mas Papai Noel não vai na roça!

Descobri que apesar de todo ensinamento sobre bondade, não ter inveja e não desejar mal ao próximo, que mamãe buzinava na cabeça da gente, eu tive tudo num supetão! Desejei que a prima levasse um tropeção, arrancasse a cabeça do dedo e que a boneca dela ficasse cega para sempre. Ah, e odiei o tal do Papai Noel besta, que só agradava crianças da cidade!

Fiquei o resto do dia jururu, parecendo um passarinho arrastando no chão, o biquinho da asinha quebrada. Olhava de soslaio a boneca para ver se havia ficado cega, e nada da minha praga fazer efeito.

Quando serviram café com biscoito que queima quem frita, a tal da dona da casa, só de ruindade, perguntou o que Papai Noel havia trazido para mim e eu respondi: "Nada, não trouxe bosta de nada, a senhora não sabe que ele não vai na roça?".

Óbvio que senti o "pinicão" da mamãe alcançar minhas magras costelas e rodar bem fininho, abafei um gemido que só eu e ela escutamos, mas apesar dos pesares veio a satisfação:

– Que falei, falei!

Quando me tornei menina grande, sempre construí imensas árvores de Natal para meus filhos. Eles sempre me ajudavam a montar. Dependuravam carrinhos, cordões de pipoca, bombons e tudo que achavam que "ornava" na árvore. A nossa árvore não tinha a cara das outras árvores, mas tinha a cara deles.

Quando não sabiam escrever, eu escrevia as cartinhas que eles ditavam e o presente era rigorosamente comprado de acordo com o pedido. Sempre colocava em seus sapatinhos e acordava antes deles, só para ver o despertar de cada um, sentir a alegria deles invadir o quarto e inundar meu coração.

No ano de 1982, meu marido dava plantão em um hospital na noite de Natal. Estávamos apenas eu e as três crianças. Fiz uma singela ceia com rabanadas de sobremesa como sempre, depois coloquei cada um em sua caminha e falei que aquela era a noite de Natal, quando Papai Noel voa entre nuvens e estrelas, no seu imenso trenó puxado por renas mágicas, levando à cada criança um brinquedo. Contei histórias natalinas até adormecerem em seus universos de anjos querubins, serafins e afins.

De madrugada, Aletheia me acordou eufórica gritando:

– Mamãe, mamãe olha minha boneca! Papai Noel acabou de sair do meu quarto, ele me deu tchauzinho, falou "Feliz Natal a todos" e se foi muito depressa no trenó dele. Eu vi mamãe, vi de verdade! Ele existe!

Então respondi a ela:

– Sim minha filha, ele existe, assim como existem todas as coisas que só existem porque acreditamos nelas, assim como as fadas, os anjos e os seres que vivem no secreto que Deus criou e que se torna visível para quem acredita!

Depois, ela se aconchegou a mim, abraçou a boneca e adormeceu. Anos a fio, ela seguiu contando a história que em uma noite de Natal, Papai Noel havia adentrado a sua janela.

Eu nunca duvidei disso, visitar a minha filha foi a maneira dele de me pedir desculpas e se redimir, por nunca ter ido na roça me levar uma boneca de celuloide, que era linda, muito, muito linda, e que fechava os olhos...

I

MENINA, NÃO FAÇA CARINHO EM COBRAS!

DIA DESSES, CHEGUEI A CHÁCARA e o caseiro todo faceiro, me mostrou a foto de uma cobra que ele havia matado. Exibia a foto como se fosse um troféu. Seguramente, aquele seria o assunto da semana entre os goles de cachaça no botecos dos arredores! Perguntei a ele se sabia que cobra era aquela e ele prontamente respondeu:

— Sei sim, é uma jiboia!

— O senhor sabia que ela não é venenosa e não lhe oferecia perigo algum?

— Sabia sim, mas era cobra e eu matei.

Diante disso, eu apenas lamentei a ignorância dele, por matar um ser que nenhum perigo lhe oferecia, que apenas estava perdida, procurando encontrar o caminho de volta para a floresta do outro lado do asfalto.

Sentei na rede da varanda, e fiquei olhando o Sol se pôr, ele me pareceu triste naquele dia. Lembrei-me da menina que fui, criada num vale de Minas Gerais, em uma fazenda entre montanhas azuis, flores, borboletas e animais. Jamais tive medo das cobras, as vezes, eu as via enroladas como uma rodilha, nunca deixei meu cachorro Barqueiro futricar o descanso delas, e elas nunca ameaçaram minhas aventuras.

Certa feita, eu deveria ter em torno de cinco anos, construí uma grande fazendinha debaixo de um umbuzeiro. Coloquei pauzinhos nos umbus, formando as patas e os chifres do gado e peguei duas cigarras para serem os vaqueiros. Eu estava "apartando o gado" quando vi a mais linda cobra coral deslizar para dentro de um toco há dois metros à minha frente.

Fechei a porteira para o gado não sair e fui ver de perto aquela maravilha colorida que ofuscava meus olhos. Quando dei por mim, estava alisando suavemente a cobra da mesma forma que acarinhava a cabeça do Barqueiro e do gato Farofa. Ela continuava deslizando para dentro do toco e eu agachadinha diante daquela lindeza. De repente, senti que num solavanco me suspenderam no ar, e mais de repente ainda, dois peões da fazenda mataram a pobre cobra a enxadadas.

Fomos levadas para minha mãe: eu no colo do peão e a cobra dependurada no cabo da enxada.

Eu chorava tanto que mamãe entendeu que eu havia sido "ofendida" pela cobra e que sem dúvida, morreria a seguir, já que no mato não existia nenhum recurso para "ofendimento de cobra".

Até explicarem para mamãe o ocorrido, o terreiro estava cheio de Santos que ela e a Ana haviam invocado pedindo que me salvassem!

Mas os linguarudos acudiram, espantaram os Santos e falaram que a cobra não havia me ofendido. Os bonitos, não podiam simplesmente dizer para elas que a cobra estava próxima a mim, e assim salvar minhas orelhas, falaram que eu estava acarinhado a cobra como se fosse um bebê.

De vítima eu virei vilã, levei tanto "contra vapor" das duas que quase preferi a "ofendedura" da cobra. Minhas orelhas cresceram uns cinco centímetros e minhas tranças idem.

O pior eram os interrogatórios que a criança não tem o direito de responder:

– Quantas vezes eu já lhe falei para ficar longe das cobras? Quantas vezes eu já lhe falei que se a cobra lhe ofender você morre cega "espumando" pela boca? Quantas vezes já lhe disse que cobra é criação do coisa ruim? Do capeta? Do cão? Do esquerdo? Do cramunhão?

A cada pergunta era uma volta nas orelhas, em sincronismo, mamãe e Ana, uma de cada lado!

Eu até não me incomodava em morrer cega, mas odiava o tal do "espumando pela boca" e torcia sempre para ela não repetir essa ruindade, mas ela sempre repetia a parte da maldita espuma.

Depois enterraram a cobra, eles acreditavam que se alguém pisasse em um espinho de cobra morria na hora por conta do veneno que o espinho guarda, seguramente se alguém espetasse o pé, espumaria pela boca até morrer...

No dia seguinte, vovó Henriqueta veio nos visitar e puxou minha cabeça para deitar no colo dela que cheirava florzinhas do campo. Por conta da orelha grossa de tanto ter sido torcida, expliquei a ela que tinha que deitar do outro lado que a orelha estava menos maltratada. Vovó perguntou a razão da machucadura, contei o ocorrido e ela só balançou a cabeça e falou: "Menina, não faça carinho em cobras!".

Depois ela fez cafuné sem pressa na minha cabeça, fiquei naquela lerdeza gostosa até dormir e esquecer as mermas.

Apesar dos solavancos, orelhas desproporcionais e ameaças de mortes com bocas espumadas, nunca deixei de admirar as cobras. Eu as vejo como seres que pressentem o ataque e se defendem. Uma cobra jamais ataca se não se sente ameaçada.

Quando fiz meu primeiro caminho de Santiago em 1998, eu havia lido o livro do Paulo Coelho onde ele citava a lenda de Foncebadón. Um pequeno povoado na Espanha, onde um dia apareceu um cigano pedindo abrigo. As pessoas e o padre não só negaram abrigo como atearam fogo no pobre homem frente a igreja, que ao morrer, rogou uma praga que nenhuma criança ali nasceria mais, e que o lugar sucumbiria aos demônios e as cobras. Não se sabe se por conta da praga, se do tempo ou do vento, a verdade é que o "pueblo" se transformou em ruínas habitadas por cães selvagens e cobras. Muitos peregrinos a caminho de Santiago, optavam por passar fora, temendo-os.

Eu ainda estava matutando se passaria dentro ou fora do "pueblo amaldiçoado", nesse questionamento de mim para comigo mesma, ocorreu que uma cobra de cor escura cruzou o meu caminho, aquilo me pareceu um aviso para não entrar. Entrar, não entrar, eis a questão, mas eu estava no caminho para tirar ovos de pedra que pesavam em minha alma e me tornar uma pessoa mais corajosa, se aquiescesse a cobra e mudasse meu caminho, estaria permitindo, que por conta da minha fraqueza, pessoas seguissem "puxando minhas orelhas e tranças", e eu armazenando ovos de pedras no coração.

Resolvi dar um "nem tchum" para a ameaça da senhora cobra, achei que ela era na verdade, uma alvissareira de boa sorte: olhei para o céu, estava tão azul, que era impossível alguém morrer ofendido de cobra, espumando pela boca, debaixo de um céu assim. Ajeitei minha mochila no lombo, caso precisasse enfrentar os cães, dei uma boa amarrada nos cadarços das botas, caso precisasse correr, chamei Santiago na regulagem para ficar ao meu lado, empunhei o cajado como se fosse uma cruz, daquelas que afugenta vampiros e outros malvadões, busquei todos os Santos da Ana e da mamãe e segui em frente.

Após uma curva, as ruínas escuras se revelaram contrastando com o anil celeste onde nuvens brancas dançavam. Nada me pareceu ameaçador, encontrei os escombros da pequena igreja onde o cigano havia morrido. Não percebi raiva, dor, medo, nem nada. Seguramente, do outro lado, ele foi acolhido por Deus em um abraço bem fofo, feito abraço de mãe, e com o tempo, os anjos barulharam tanto na cabeça dele, que ele perdoou seus algozes e o lugar voltou a ter paz.

Em 2010, cruzei novamente por Foncebadón, o pueblo havia se reerguido, a igreja fora reconstruída, havia um excelente albergue, casas, bares e restaurantes.

Então, eu me dei conta que de alguma forma eu também profetizara sobre o lugar em 1998, quando escrevi no meu livro que o lugar era um reduto de paz e que nenhuma ameaça vivia mais entre os escombros.

Quando o vento move os cordéis do tempo, tudo muda, menos a essência, essa permanece como um tributo, que tão somente a Deus entregaremos, na hora da acolhida, no abraço fofo. Da menina que fui, segue o carinho pelas cobras e da peregrina que sou segue a vontade de regressar ao caminho de Santiago quantas vezes me for possível caminhar na terra, seguindo meus "caminhos da vida", até alcançar o caminho de Santiago em meio as estrelas do céu, que um dia mamãe mostrou-me, entre as montanhas azuis de Minas Gerais...

I
____

ESSA TAL DE INTERNET...

MAIS OU MENOS NO FINAL DOS ANOS 90, quando mamãe não havia se mudado para as estrelas, um dia ela me perguntou:

— Filha, o que é essa tal de Internet que todo mundo, e até o padre José fala tanto?

Eu que nem entedia muito do assunto, fiquei procurando palavras, pedindo aos santos da sabedoria, uma luz para explicar a mamãe o que era a tal da Internet, de uma forma que ela pudesse entender. Então eu falei:

— Ah! Internet é como a TV e o rádio que através de sinais, traz imagens e sons prá gente, é isso!

Mamãe então disse, "hum!", mas não foi um hum comum, foi um *hummmm*, bem comprido, e pelo seu tamanho percebi que ela não estava satisfeita com a minha explicação chula. Papai que estava de butuca escutando a prosa, falou para mamãe desistir de entender essas modernidades, mas ela argumentou que o padre havia dito que do Pontal do Araguaia (MT), onde moravam, se podia visitar o Vaticano

109

e que isso era coisa de Deus! Papai então, foi se sentar no banco em frente a casa para ver o movimento da rua, já que não podia ver o movimento do tal Vaticano.

Mamãe então me deu um olhar "cobrador" e falou:

– Eu sei minha filha, que tudo funciona dentro dessa caixa chamada computador, só não sei como procede, mas quero saber.

Lá fui eu invocar os anjos internautas de plantão, na fé de receber um socorro. Expliquei a ela que a coisa era mais ou menos como as ondas do rádio e da televisão, que o tal computador captava essas ondas que depois corriam por esse mundão sem porteira. Que cada pessoa se registrava com o administrador (provedor ela não entenderia) criava um espaço como se fosse uma casa e que usava uma senha como chave para abrir e fechar a tal casa.

Assim, quando eu abrisse a minha, lá estava as mensagens das pessoas que me visitaram e que eu podia responder a elas. Falei que tinha uma casa importante, uma espécie de cérebro onde estava armazenada imagens de tudo, que a gente podia perguntar o que quisesse, que lá haveria as respostas, inclusive sobre o Vaticano. Contei que essa casa se chamava Google. Mamãe então perguntou se eu poderia escrever nessa máquina, um recado para a irmã dela receber lá em Minas Gerais, respondi que não podia porque a minha tia não tinha uma casa. Aí ela questionou:

– Se minha irmã tivesse uma casa você poderia deixar um recado prá ela?

Respondi que só se eu tivesse o endereço da casa. Mamãe logo acudiu:

– Olha filha, eu tenho o endereço dela, ainda essa semana recebi uma carta, vou buscar o envelope para você ler, será que serve?

Aí eu falei:

– Não mamãe, não é esse endereço onde ela vive, tem que ser o endereço das ondas do computador, com endereço do computador eu escrevo aqui e em alguns minutos ela recebe lá.

"ÔÔÔÔ dóóóóóó", ela falou, e eu fiquei com mais dó ainda de não poder colocá-la em contato com a minha tia! Se fosse hoje, elas até se veriam, mas naquele época a Internet ainda era limitada.

Ela então me deu uma folga e foi cuidar de amassar biscoito de polvilho, daqueles que "pipoca" gordura na hora que a gente frita e queima até gato que fica de bobeira ao pé do fogão. Depois foi ao quintal e voltou com algumas folhas de capim cidreira para o chá da tarde. O cheiro do chá, alcançou o faro do papai, e o dos biscoitos assanharam as lombrigas e ele se achegou. O chá da tarde dos dois era sagrado, era o momento deles, de conversar sobre as coisinhas que formavam o mundinho feliz que eles compartilhavam.

Foi então que papai perguntou:

– E aí minha véia, entendeu o que é essa tal de Internet?

E mamãe toda catita respondeu:

– Claro que entendi véio, é como se fosse o céu, cada um pega uma estrela e faz dela uma casa e as pessoas passeiam lá entre as nuvens nesse "céuzão" aí em cima, e tem também uma casa maior que tem a sabedoria, e essa casa é Deus!!! Não é isso minha filha?

– É isso mamãe, é isso!

Essa era minha mãe! Hoje certamente a senhora está feliz, morando em uma estrela do ladinho de Deus! Está ajudando Ele a organizar o céu e tomando o chá da tarde com papai. Pena que a senhora se foi antes de me ensinar o que fazer com a saudade que deixou...

SEU SENHORINHO

DESDE QUE TOMEI ENTENDIMENTO das coisas boas e das que me assustavam, ele estava lá, bem no centro das coisas assustadoras. Tinha cheiro ruim do cachimbo que fumava misturado com cheiro das coisas invisíveis, as coisas feias, que cheiravam a fedor.

Seu Senhorinho trabalhava na lida do gado, e fazia reza para espantar as cobras ao redor do casarão onde morávamos. Ele tinha pele escura acinzentada, o branco dos olhos dele era amarelado e o resto dos olhos, eram cheios de coisas de medo. Acho que até as meninas dos olhos dele tinham se mudado para olhos mais clarinhos.

Um dia, o vi benzer o dente de um peão que se queixava de dor e tinha um lenço amarrado do queixo a cabeça, depois da benzedura o dente explodiu em não sei quantos pedaços. Essa parte, em especial, eu não vi, faltou-me coragem, mas correu de boca em boca e de orelha em orelha.

A esposa do seu Senhorinho, se chamava dona Donga e os dois tinham uma filha chamada Lalá, que tinha a mesma idade da minha mana. Ambas eram sete anos mais velhas que eu, eram super amigas e não me aceitavam nem que eu oferecesse toda minha fazendinha de boizinhos feitos de umbus. As vezes, eu as pegava cochichando coisas sobre os peões. Lalá dizia que se eu comentasse com alguém, mandaria o pai dela rezar uma reza braba e explodir todos meus dentes. Eu fechava minha boca e saía tristinha, feito jaboti que perdeu o casco.

Um dia, ela chegou para mim, e do nada, me falou que havia aprendido com o pai dela a rezar todas as rezas, foi a ameaça que tive que conviver enquanto vivi na nossa fazenda em Lagoa Comprida no município de Monte Azul (MG). Cada vez que Lalá vinha passar o dia em nossa casa, eu evitava cruzar meu olhar com o dela, e se por um descuido isso acontecesse, eu corria a língua na boca, para ver se todos os dentes estavam lá.

Um dia, mamãe inventou de buscar um tal de mastruz e folha de pimenta, para fazer um remédio para colocar em um furúnculo na perna do meu mano, e eu inventei de ir com ela. Mamãe mandou selar o cavalo e antes dela montar, eu já estava na garupa, toda faceira.

Fui ali, coladinha na mamãe, sentada no pelego macio, mais confortável que anjo em nuvem fofa, não sabia em qual casa de colono mamãe ia buscar as tais ervas, mas não importava, eu estava com ela e era o mesmo que estar a salvo até das rezas malvadas de Lalá e do pai dela.

Fiquei naquela madorna incontrolável, lutando para não despencar do cavalo e torcendo para mamãe chegar logo, quando num sopetão, vejo tudo à minha frente: Lalá, seu Senhorinho e dona Donga. Tentei fechar os olhos, voltar para dentro de mim e colocar tudo no sonho, mas os braços mal cheirosos do seu Senhorinho me pegaram e me colocaram no chão, Lalá me olhou de "rabo de olho" e eu logo corri a língua na boca para conferir os dentes.

Dentro da minha cabeça eu falava de mim para comigo mesma:

– Sua abestada, custava perguntar onde a mãe ia buscar as ervas? Custava? Bem feito se sair com os dentes esbagaçados.

Nunca olhei tanto para o chão com medo de encarar olhos de malfazejos.

Dona Donga, nos convidou para entrar, a casa era bem pequena e cheirava a comida. Em cima do fogão tinha uma porção de carne secando e ganhando cheiro de fumaça. Dona Donga, passou um café e tomamos na xícara esmaltada, o café estava tão quente que a pele do meu beiço ficou colada na beirada da xícara. Engoli o café só para não fazer feiura, mas me sapecou toda por dentro.

Finalmente, a mamãe falou ao que tinha vindo, e as duas arrodearam a casa para colher as ervas. Por sorte, só dona Donga nos acompanhou, menos mal pensei, meus dentes estão salvos. Estavam colhendo as ervas e tudo até que ia bem, quando eu vejo dependurado no tronco de uma árvore, um couro de bicho, esticado com umas varetas e cheio de moscas. Nunca tinha visto algo tão cheirando a fedor de morte. Queria sair correndo dali, mas, as pernas negacearam. Dona Donga vendo meu espanto, falou:

– Se amofine não fia, é só um couro de gato que Senhorinho matou e tá curtindo!

Nessa hora eu só me lembro de ter alcançado a mão da minha mãe, apertei com a mesma força da mão que apertava meu coração. Mamãe entendeu meu "amofinamento", tratou de dar adeus para o povo, me colocou no cavalo e deu as costas para aquele lugar de dor e medo.

Encostada a mamãe, eu caí num choro sem chance de nenhuma conversa me acalmar. O meu gato Farofa havia desaparecido há muito tempo, foi um episódio muito triste, de febre, angústia e dias sem comer, até encontrar a conformação do tempo, e voltar à vida. Aquele couro de gato, tirou do lugar, uma dor que estava quietinha no canto dela. Mamãe, entendeu tudo, eu sabia que ela ia entender, afinal é para isso que Deus faz as mães, e a dor doída, passou a doer menos quando ela falou:

— Fia, quando o seu gato Farofa saiu de casa, seu Senhorinho morava na Bahia, ele não matou seu gato não, pode ficar tranquila, seu gato está por aí, um dia ele volta.

Então, aos poucos, os anjos que cuidam das crianças, ficaram dando soprinhos em minhas lágrimas e elas foram secando. Mamãe havia me colocado na frente, ao invés da garupa. Eu sabia, que ela sabia o quanto eu estava assustada com a malvadeza da morte do gato, e o quanto eu ainda esperava o retorno do meu Farofa, há mais de ano desaparecido.

O cabelo da minha mãe tinha o mesmo cheiro das florzinhas do campo, e encostada no ombro dela, fui cheirando aquele cheiro bom e entrando em um mundo sem rezas brabas, sem gatinhos mortos e esticados, e sem ameaças de dentes explodidos. Quando dei por mim, os braços fortes do meu pai estavam me carregando para dentro, o tilintar das suas esporas no assoalho faziam um barulho feliz, eu sabia que estava em casa, só queria muito que esse dia, fosse o dia da volta do meu gato, como mamãe sempre dizia:

— Um dia, seu gato volta, fia, um dia...

Entre o sono e o despertar, perguntei:

– Papai, um dia é um tempo que demora muito?
 E ele respondeu:
– É não fia, é não...

I

A SERPENTE DE SETE CABEÇAS
DO RIO TREMEDAL

TODAS AS NOITES era o mesmo amofinamento, eu parava na porta do meu quarto, riscava uma linha no pensamento da porta até minha cama, disparava na corrida e pulava na cama. A cada noite, eu sentia o alívio de ter vencido o monstro da escuridão que morava debaixo da minha cama e que noite após noite, ficava à espreita para agarrar minhas perninhas.

O que podia uma pobre menina de cinco anos contra um monstro? Nada, nada de nada. Tá certo que eu me valia das minhas rezas, além do que, mamãe dizia que atrás das crianças tem um "cambão" de anjos, e papai dizia que "cambão" era coisa de carro de boi e não de anjo, mas ela insistia que cambão era trem de anjo, e como papai nunca rezava, fiquei na fiúza que existia o cambão de anjos com a missão de cuidar das crianças.

Na nossa fazenda, no município de Monte Azul, no estado de Minas Gerais, não tinha luz elétrica na época. A casa era iluminada com lamparinas e lampiões, aí o monstro da escuridão achava que era ele quem mandava e desmandava. Nas vezes que meu pai viajava para levar a boiada que acompanhava a música do berrante dele, o monstro sabia que minha proteção ficava minguada, e ele ficava tão poderoso, que eu olhava de longe e via os seus olhos na escuridão debaixo da cama. Mamãe falava que era para rezar para Nossa Senhora do livramento mandar o "cambão" de anjos me proteger, essa era a minha valência, mais, as carreironas que eu dava. Quando papai voltava, o monstro da escuridão escutava o barulhinho das esporas dele no assoalho e aí ele se encolhia todo e fechava os olhos de medo do papai, mas sair debaixo da cama e caçar outro rumo, ele nunca saiu.

Quando eu fiz seis anos, nos mudamos para Monte Azul, fiquei na torcida para o monstro não ir junto, mas mamãe tinha tantos baús, que ele acabou entrando de revesgueio em algum. Foi na mudança e se aconchegou debaixo da minha cama!

Nossa casa, ficava em um bairro chamado Esplanada onde tinha muitas casas de mãos dadas, ficava uma pregada na outra, e se não fosse pela cor diferente, a gente acabava entrando na casa alheia. A noite, a molecada brincava na rua de esconde-esconde, era muito bom. Em frente a minha casa, tinha uma mulher que era viúva e tinha três filhas para sustentar, segundo os mais velhos. Ela batia o pé na máquina de costura noite e dia, fazendo roupa pra fora para sustentar a família.

Mamãe dizia que ela não dava trela pra ninguém, que era uma baiana muito enfezada. Uma noite, estávamos brincando de esconder, um escondia na casa do outro, o outro escondia na casa do um. Nessas escondilanças, eu descuidei e escondi na sala da casa da baiana viúva enfezada, só senti a mão pesada da dona Baiana me arrastando pela orelha e me jogando dentro de um quarto. Tive tanto medo, que a voz não saiu, eu tinha a mesma idade da filha mais nova dela que também estava brincando. No escuro, ela achou que eu era a filha dela, me arrastou pela orelha e falou:

– Já num falei que não quero você brincando com esses moleques? Já não falei?

Cada pergunta, era uma torcida na orelha.

Fiquei na cama, passando a mão na orelha para ver se a quentura diminuía e esperando que mamãe notasse minha ausência e saísse a minha procura. Eu escutava a dona Baiana pedalando na máquina de costura no quarto da frente, pensava em sair, mas não tinha como sair sem passar na porta do quarto dela e aí, era outra orelha que ia pro beleléu. Lembrei do cambão de anjos e eles foram a minha valência, porque me acudiram e a filha dela bateu na janela, pedindo para mãe abrir a porta para ela entrar. Só aí, foi que a dona Baiana enfezada, viu que havia pegado a menina errada. Aí chegou a lamparina na minha cara e falou:

– Você é muda? Porque não falou que não era minha fia?

Muda eu estava, muda eu fiquei. Abaixei minha cabecinha e comecei a chorar. Ela então, me pegou pela mão, atravessou a rua, bateu palmas em casa e contou o acontecido para minha mãe. Falou para a mamãe perdoar ela, porque ela havia dado uma puxadinha na minha orelha. Quase que falei:

– Uma puxadinha? Minha orelha está grossa e pegando fogo!

Mas, na época as crianças não batiam boca com os adultos, para manter os dentes na boca. Só sei, que no dia seguinte, o caso virou lereia na boca do povo.

Quando eu pensei que minha vida era só jogar bolinha de gude, brincar de bets, participar de campeonato de cuspe, bater figurinhas, soltar raias e andar de perna de pau, mamãe chegou com a novidade que havia me matriculado no grupo escolar, para eu aprender a ser gente.

Quase falei a ela que eu não queria ser "outra gente", que estava feliz com a gente que eu era, mas lembrei que crianças não tem querer nem opinião, porque se tiver, o corrião canta!

Um dia antes de começar as aulas, eu estava agachada em baixo da janela, arrumando minhas bolinhas de gude em uma lata para enterrar no quintal, pois se mamãe visse, jogava tudo fora porque bolinha de gude, era coisa de menino. Estava toda feliz, olhando uma a uma minhas bolinhas, quando escutei a prosa da mamãe com a Ana.

– Ana, amanhã cedo, vou levar minha fia no grupo escolar, para ela aprender o caminho e também para ensinar ela a atravessar a ponte. Eu fico preocupada dela descuidar na ponte e cair no rio.

– Carece preocupança não, é só a senhora falar para ela, que debaixo da ponte mora a serpente de sete cabeças que solta fogo pelo zóios, que quero ver ela ficar de fruzuê, na ponte!

Aí mamãe falou:

– Falo não Ana, a bichinha nunca saiu de casa para ir à escola, ela vai ficar com mais medo ainda.

Guardei minhas bolinhas de gude, guardei minha violinha no saco e sepultei o pouco de ânimo que tinha, para ir para a escola.

Naquela noite, deitada em minha cama, eu pensei na porcaria que era um monstro da escuridão, diante de uma serpente de sete cabeças e que soltava fogo pelos olhos.

No dia seguinte, mamãe pegou na minha mão e fomos para o meu destino de ser gente. Ao atravessar o rio, segurei bem forte a mão dela e fechei os olhos para não ver nenhuma cabeça da serpente, só voltei a respirar quando passei a ponte. Na saída da escola, mamãe estava lá para meu alívio, que durou pouco quando ela falou:

– Fia, amanhã você vem sozinha!

Eu estava tão assustada dentro de mim, que quase pedi para o anjo da boa morte me levar. Novamente, cruzei a ponte de olho fechado sem respirar.

A noite, foi um flagelo para dormir. Quase pedi também para o monstro da escuridão sair debaixo da cama e me acompanhar até a escola.

Não sei se foi o medo, ou se foi o "cambão" de anjos que acudiram minha reza, só sei que amanheci pelando de febre. Mamãe mandou comprar remédio para minha garganta, eu não fui a escola por dois dias.

Mas aí, o cambão de anjos foi cuidar de outra criança com mais precisão, minha febre foi embora e eu fui arrumada para ir a escola. Na cabeceira da ponte, eu virava um corisco, acho que meus pés nem tocavam o chão, tamanha era a velocidade que eu cruzava a ponte, para ludibriar a serpente das sete cabeças.

Todos os dias, era a mesma gastura, meu Deus.

Um dia, um tal de um menino chamado Joaquim, que morava na Esplanada, me viu atravessando a ponte em disparada e ficou só de butuca, me olhando. Ele era um menino franzino e custoso, tinha uma bicicletinha magra e achava que era o rei da Esplanada. Ele era bem mais velho que eu, mas nas disputas das figurinhas com as mãos, eu ganhei dele e Joaquim virou piada por ter perdido para uma garotinha.

No dia seguinte, na volta da escola, Joaquim estava no meio da ponte me esperando. Aí eu pensei em encomendar minha alminha para Deus, não iria sobreviver à ameaça daquele moleque e da serpente. Prostrei empacada no começo da ponte, com mais medo que bode embarcado em canoa. Fiquei procurando as pernas que não me atendiam, aí, o lazarento do moleque me pegou pelo braço, me arrastou pela ponte enquanto eu tentava me libertar, implorando para ele me soltar. Ele ignorava meus gritos e me arrastava com força.

Foi aí, que mais uma vez, o cambão de anjos me acudiu, chegou um homem de bicicleta, avançou no Joaquim e me salvou. Eu estava tão aliviada que vi Nosso Senhor Jesus Cristo, em carne osso e bicicleta. O homem gritou com o tal Joaquim que caçou o rumo dele, aí o meu salvador me perguntou de quem eu era filha, falei que era filha de Ozório. Ele me colocou na garupa da bicicleta, me levou em casa e contou todo o ocorrido para o papai, que estava na porta de casa. Na mesma hora, papai e o homem da bicicleta foram na casa do pai do Joaquim contar o que havia acontecido.

Só sei, que o Joaquim levou uma surra de criar bicho, nunca mais brincou com ninguém lá na Esplanada.

Pelo sim, pelo não e pelo talvez, papai ou mamãe ficaram um tempão indo me levar e me buscar na escola, por isso eu não usava tanto o cambão de anjos.

Quando completei nove anos, mudamos de Monte Azul para o Paraná. Um dia, viajamos e cruzamos uma ponte imensa do Rio Paranapanema, estávamos de carro e o medo foi menor. Perguntei ao papai quantas cabeças tinha a serpente que morava debaixo dessa ponte gigante e papai respondeu:

– Nenhuma fia, nessa ponte não tem nenhuma serpente, porquê essa pergunta?

– Uai papai, porque na ponte do rio de Monte Azul, mora uma serpente de sete cabeças que solta fogo pelos olhos.

– Quem te falou essa conversa fia?

– A Ana e a mamãe, elas sabem dessa serpente!

– Conversa fia, conversa de quem não tem o que fazer. Se tivesse serpente, já tinha picado a língua delas para não por medo em você.

– Tem serpente não, papai?

– Tem não, fia!

– De nenhuma cabeça?

– De nenhuma cabeça, fia!

Quase perguntei a ele sobre o monstro da escuridão, mas esse era meu, eu o havia criado e conhecia os olhos dele.

Trinta e cinco anos depois, retornei a Monte Azul, o Rio Tremedal era um pequeno córrego que lutava contra a seca, pelo sim, pelo não e pelo talvez, cruzei a ponte de orelhas em pé...

I

O MISTÉRIO DO PORÃO
DO CASARÃO DO RIACHINHO

QUANDO EU ERA CRIANÇA, tinha um dia da semana que mamãe ia lavar roupa em um lugar chamado Riachinho. Eu penso, que era uma lavanderia pública da época. No local, havia um imenso casarão antigo, era pintado de branco, tinha janelas azuis e uma escada de madeira lateral que dava para uma varanda, de onde se olhava o mundo.

Eu esperava ansiosamente, o dia que mamãe amarrava duas trouxas de roupa, colocava nas bandas do cavalo e eu ia na garupa, com minhas perninhas sobre as trouxas. Me lembro da sensação boa de abraçar a cintura dela e ficar sentindo o cheiro de florzinha do campo, que vinha do seu cabelo.

Não sabia a distância da minha casa em Lagoa Comprida até o Riachinho, na infância, tudo toma uma proporção gigantesca, só sei que sempre voltávamos ao anoitecer, mamãe e a irmã dela voltavam juntas até certo trecho, depois se separavam porque moravam em lugares diferentes.

Tinha uma parte do caminho, que era mal-assombrada. Elas ficavam com os cabelos em pé de medo, o cavalo as vezes refugava pressentindo algo, eu grudava em minha mãe e deixava para respirar depois.

Nesse casarão do Riachinho, um dia, bisbilhotando a casa alheia, eu vi um homem abrir um armário embutido na parede da sala. E no interior desse armário, havia várias armas de fogo. Eu pedi a Deus para o homem não dar conta da minha "enxerida" presença, sai dali de fininho sem respirar para o homem não perceber minha insignificância, e eu virar alvo móvel.

Fui para junto da minha mãe, mais sem graça do que padre do interior, quando vento levanta a batina.

Para preservar minhas orelhas, não falei nada para mamãe, eu sabia que em qualquer situação, eu estaria errada, por sempre sair do alcance das vistas dela.

O casarão ficava no pé da serra, ao lado esquerdo, tinha um riacho de água tão cristalina que parecia ter nascido no paraíso. Essa água, vinha serpenteando até entrar em uma espécie de bica gigante e derramava água em abundância. As mulheres, ficavam nas laterais dessa bica, usavam as pedras como batedor de roupa e ali, era o lazer delas. Faziam de tudo, conversavam riam, cantavam, brincavam de jogar água, era o lazer inocente que conheciam.

Assim que apeava do cavalo, eu corria para o pequeno quarto que ficava atrás da escada de madeira do casarão, para pegar a bacia, a bola de sabão e o paninho com anil que mamãe usava. Era minha ajudinha para ela, depois disso eu caía nas aventuras.

Certa vez, eu estava explorando o lugar, quando vi uma cobra muito bem desenvolvida. Não era a espécie que eu conhecia. Lembrei-me, que os peões de papai, falaram em uma cobra mais poderosa que corria "empézinha" atrás das pessoas. Antes que a cobra tivesse ideia de correr atrás de mim, eu despenquei ladeira abaixo e cruzei sobre todas as roupas brancas que estavam coarando. Já quase saindo das roupas levei um escorregão, saí catando cavaco e parei dentro do rio. Xingaram-me tanto, mais tanto, que até esqueci da cobra. Bando de mulherada enfezada pensei, o que é pegar uma bola de sabão e tirar a marca dos pés enlameados de uma pobre menina em uma roupa branca?

Mamãe falou:

– Em casa, a gente conversa!

Eu sabia que aquela ameaça não ia ter um final alvissareiro. O pior, era que quando apanhava em casa, apanhava da mamãe e da Ana. Mamãe batia e ela batia atrás, batia sem saber de nada, acho que o serviço era pouco, e ela enrolava a mão na nossa orelha, para passar o tempo...

Eu penso, que o casarão foi feito com a lama do dilúvio, porque era muito antigo e muito lindo. Acho que foi construído por portugueses, porque no fundo, onde ficava a cozinha, eu desenterrava cacos de louças azuis, lavava e guardava como meus tesouros. Eu tinha uma ligação afetiva com o casarão, era como se de certa forma, ele fosse meu.

Trinta e cinco anos depois, eu retornei a Monte Azul com minha mana mais velha. Assim que cheguei, falei a mamãe que precisava voltar ao casarão do Riachinho, mamãe falou que não sabia mais a quem pertencia e se o atual dono nos receberia.

Marcamos então um piquenique com as crianças no Riachinho, queria apresentar aos meus filhos, minhas mais sagradas lembranças da infância. Minha mana também estava curiosa, ela não se lembrava do casarão porque só eu ia com mamãe, ela era mais velha e ia à escola. Mas ela conhecia o casarão de tanto que eu falava o quanto havia brincado no porão dos escravos.

Quando chegamos, não estava mais igual, a água estava minguada, a escada de madeira havia sido trocada por uma de cimento e o porão havia desaparecido. Minha mana, estava curiosa para ver o porão da casa, mas não havia porão algum. Recorri a memória de mamãe e ela me falou que era impossível eu ter brincado em um porão, que ela nunca soube da existência de um. Fiquei inconformada e cheia de interrogações. Por fim, um conhecido de mamãe, falou que tinha um senhor, beirando aos 100 anos, mas que tinha excelente memória e que tinha morado no riachinho.

Fomos na casa desse ancião e ele nos afirmou, que o pai dele contava que o casarão havia pertencido a um certo coronel Eduardo Teixeira, que era um homem muito pesado. Um dia, o assoalho da casa cedeu, ele caiu no porão e quebrou a perna. Por conta disso, mandou aterrar o porão. Mamãe ficou pasma, nunca ninguém havia falado à ela sobre o porão. Mas que existiu, existiu!

Perguntas que morrerei fazendo a mim mesma: Como posso ter brincado em um porão e ter lembranças dele, se na minha época ele não existia mais? Teria eu, alcançado a memória de outra vida? Porque eram nítidas demais minhas lembranças. Será que escutei alguém falar sobre o porão e fantasiei o resto?

Mas a verdade, é que não sei o que se passou.

Dias atrás, uma tataraneta do coronel Eduardo Teixeira me escreveu dizendo que o casarão havia pertencido a família dela. Tudo, absolutamente tudo que consta nessa mensagem, é inteiramente verdadeiro. Não sei o nome do ancião que falou sobre o porão, meus pais e minha mana se mudaram para as estrelas, não tenho como comprovar nada.

Hoje, sei que o casarão ganhou nova roupagem, está moderninho e virou espaço de festas. Mas sei, que lá no fundo, a memória dele está viva, do jeitinho que ele era, inclusive com os buracos na parede onde se colocavam os rifles para defender a propriedade. Sei, que em algum lugar, entre o real e o imaginário eu ainda alcanço uma dimensão encantada e brinco em um porão que minha infância desenhou...

I

____

MEMÓRIA DA DOR

QUANDO POSTEI A FOTO DESSE CASARÃO, muito se especulou a respeito, e eu nada sabia. Eu o encontrei nos arredores da cidade Mineira de Ouro Fino, quando percorria a pé, o Caminho da Fé, a partir de Borborema até a Basílica de Aparecida do Norte.

Era um domingo, eu me enganei de trajeto e acabei passando por outra estrada. Quando fiz uma curva, ele se apresentou e eu fiquei presa àquele pedaço de passado. Havia algo ali que me detinha, como se uma dor alheia gritasse, algo detrás das janelas que o tempo aprisionou.

Todas as casas tem suas memórias. Eu me lembro, que certa vez, fomos visitar uma tia do papai, que havia comprado umas terras ao pé da serra geral, no município de Monte Azul. Na fazenda, havia um grande e velho casarão com um porão onde segundo a tia, havia sido uma senzala. Papai estava encantado com o lugar. Mamãe o tempo todo, pedia ao papai para irmos embora.

Beirando hora do almoço, a tia convidou para almoçarmos, mas mamãe não aceitou. Assim que entramos no caminhão, ela falou ao papai:

– Ainda bem que você me tirou daquele lugar, ali havia a memória da dor, eu senti dentro da minha alma!

Depois ficaram comentando a judiaria que o povo fazia com os escravos, nunca gostei de escutar falar sobre as "ruinzeiras" dos seres humanos, aí eu me desliguei da conversa, aconcheguei em minha mãe e dormi.

Aquele domingo, eu senti o mesmo que mamãe, "senti a memória da dor" naquela casa.

Fiquei muito tempo lá, relutando contra a vontade de entrar, desejei que passasse alguém para me dizer algo sobre aquele lugar, mas não apareceu ninguém, e eu segui meu caminho.

Esse fato, ocorreu em 2010, na época, eu postei fotos do casarão, mas ninguém soube me dizer nada.

Na semana passada, recebi uma mensagem de uma pessoa me falando que era vizinha ao casarão de Ouro Fino. Ela me contou, que a casa, pertencia a um senhor que se chamava Pedro, e que agora era habitada por esse senhor, o genro, a filha de nome Cida e a neta.

Ela relatou, que o Sr. Pedro, faleceu com quase 100 anos e depois a filha do casal veio a falecer aos 32 anos. O pai da moça, cometeu suicídio se enforcando. Em meio a tanta tristeza, a Cida abandonou o casarão, se mudou para Ouro Fino, e nunca mais retornou. Ela vive reclusa na cidade, não gosta de conversar com ninguém.

Perguntei a ela, do que a jovem havia falecido e em que ano os fatos ocorreram, mas, ela não me respondeu mais nada.

Isso é o que consegui saber desse casarão, que parece ter feito parte de uma novela das 18 horas, da Globo, mas que guarda em si, "memórias da dor!".

Embora pertença a uma família de católicos e budistas praticantes e sendo uma peregrina dos Caminhos de Santiago, não sou pessoa de seguir religião. Falo com Deus todos os dias, mais para agradecer, do que pedir.

A minha seita, é a natureza, é o céu que me acolhe, é a chuva que lava meus sonhos, é esse mundaréu de flores, essas árvores que passarinhos plantam, esse mar onde a eternidade navega. Minha seita é saber que natureza, bicho e gente, tem o mesmo direito de viver sem acuamento, e que caminhamos, em nossa própria direção. Minha seita, é ter consciência que sou o resumo de todas as pessoas que cruzaram o caminho do meu viver, e elas também são um pouco "eu", que enfim, tudo se resume em algo que se chama energia, que permanece para sempre, e que temos que cuidar, para que permaneça a memória do amor, ao invés da memória da dor!

I

———————————

UM RETALHO DA INFÂNCIA

ONDE ESTÃO AS BORBOLETAS AZUIS que coloriram a minha infância, cujas asas me davam a certeza de serem feitas com o anil do céu? Mamãe enaltecia as belezas do mundo, sempre enfatizando que tudo era obra de Deus, mas na minha santa inocência, eu sabia que Deus tinha lá suas preferências e as borboletas azuis era uma delas. Tanto era que Ele as "fabricava" e guardava lá no céu, e de vez em quando uma ou outra escapava por algum buraco de nuvem e vinha enfeitar a terra.

Essa era minha visão infantil quando morava entre as montanhas da minha amada Minas Gerais. Jamais capturei uma borboleta azul, eu me contentava em correr atrás das amarelas que ficavam tomando Sol nas poças d'água e voavam quando eu as assustava. Hoje, não mais as vejo... Talvez tenham ficado lá na infância onde a generosidade de Deus é mais rica em encantamento, ou talvez, os anjos estejam mais espertos que elas e não deixam buracos nas nuvens para que escapem de vez em quando. Ainda bem que a magia entre a terra e as estrelas me permite fechar os olhos e voar até elas, e voar com elas, o voo azul de infância, anjos e borboletas...

I

UM PORCO CHAMADO CASTANHO

QUANDO MEU GATO FAROFA resolveu gastar suas sete vidas fora da minha janela, eu fiquei sem nenhum animalzinho para chamar de meu.

Na época, era comum os padrinhos presentearem os afilhados com bezerros, meus irmãos tinham os deles e viviam se gabando das porcarias dos bezerros.

Perguntei a mamãe se ela poderia me dar um bezerrinho, ela estava batendo uma tal de brevidade, que tinha que bater até "Manezim chegar com as abóboras", e por isso ela nem tchum para meu pedido! Apenas chamou a Ana, para ver se a tal brevidade estava com fedor de ovo. Ana falou que tinha que bater outro tanto, e eu insisti no pedido do bezerrinho. Mamãe claro, me mandou cangar grilo, falou que isso de dar bezerro era tarefa de padrinho, que era para eu pedir ao meu e não ficar "gasturando" ela, porque já bastava a gastura de bater a brevidade.

Sai dali na maior sengraçeza, parecendo macaquinho que firmou na galha fraquinha, e estrebuchou no chão.

Passei a semana sentindo um sentir estranho, de ruinzera por não ter nada de nada. No domingo, meu padrinho apareceu, mamãe me chamou para eu pedir a benção à ele. Então eu falei:

– Benção meu padrinho!

– Deus lhe abençoe!

E eu bem rápido falei:

– Oh, meu padrinho, me dá um bezerro!

Mamãe logo acudiu:

– Minha filha, o que é isso? Que coisa feia!

E eu mais rápido concluí:

– Uai mamãe, a senhora que me mandou pedir!

Só senti o "penicão" da mamãe fincar nas minhas magras costelas. Eu acho que mamãe esmerilhava as unhas para ficar no ponto de gilete, nunca vi um penicão tão fininho e tão doído. Já o penicão da Ana era melhor, a unha dela era mais grossa, era penicão de rodar, doía menos, só que o roxidão era maior.

Passou uns dias, e fui com papai, na casa do vovô Lourenço. Ao chegar, o vovô falou que a vovó estava toda prosa, porque a porca dela tinha dado cria, e estava com vários porquinhos. Fomos ver os bebês porcos, e no meio tinha três porquinhos de brinquinhos. Eu nunca tinha visto porco de brinco, achei a belezura mais linda do mundo. Pequei um porquinho no colo, e parecia que era um tesouro. Então eu falei:

– Vovó, todo mundo tem bezerro, eu não tenho nenhum, meu gato Farofa foi embora, a senhora faria a caridade de me dar esse porquinho?

E ela falou:

– Pega o clarinho, o brinquinho dele é menor do que o brinco desse castanho.

– Não vovó, o Castanho é o mais bonito do mundo.

– Então ele é seu, pode levar!

Eu havia ido na garupa da bicicleta do papai, então segurar o porco e segurar no papai para firmar o corpo, não dava. Aí a vovó colocou o Castanho em um embornal, atravessou no meu ombro e eu vim toda faceira com meu novo amigo.

Mostrei a mamãe a lindeza do meu bebê porco, perguntei a ela porque ele tinha brincos, mamãe falou que era "sistema" dele ter brincos, sabia que ela não sabia a razão dos brincos, já que toda vez que ela não sabia a resposta, falava que era isso!

Levei o Castanho para dormir no quarto, quase arrancaram meus cabelos. Minha mana mais velha e a Ana, falaram que o porco era sujo, que fazia cocô fedido e o quarto ia virar uma fedentina!

Mamãe escutou a barulheira, me acudiu e levou o Castanho para dormir em um caixotinho na cozinha. Durante o dia, eu brincava com ele no terreiro, colocava tira de pano no pescoço dele, e Castanho ficava todo faceiro. Um dia, ele passou debaixo da cerca do chiqueiro, ficou tão enlameado, que eu nem sabia mais qual era ele, entrei no chiqueiro e fui pegando os porquinhos, até achar o meu de brinco.

Lavei ele tanto, mais tanto, que ele ficou mais cheiroso que filhinho de barbeiro. Levei uns pescoções da Ana, por ter pego o sabonete dela para lavar o Castanho, mas nem doeu!

Eu gostava de rodar o pilão, subir nele e ficar rolando ele com os pés. Tinha que ter destreza e equilíbrio para fazer essa arte. O Castanho me seguia o terreiro inteiro, parecia mais um cachorrinho do que um porco. E sem mais nem menos, o Castanho ficou grande, eu já não dava mais conta de pegar ele no colo. Ele também ficou vagaroso, acho que era a gordura que atrapalhava e dava lerdeza nele.

Um dia, papai me chamou, e falou que me dava dois porquinhos em troca do Castanho, que precisava colocar ele no chiqueiro para ele namorar as porcas e sair porquinho de brinquinho. Matutei sobre o meu gato Farofa, que saiu para namorar e nunca mais voltou. Respondi ao papai que eu era a namorada do Castanho, que o chiqueiro era cheio de lama e não queria os dois porquinhos de forma alguma!

Todas as manhãs, eu levava restos de comida para meu porco, mesmo na vagareza dele, a gente brincava. Eu tinha uma esteira de olhar o céu, deitava nela e ficava olhando as nuvens, caçando formato das coisas que os anjos moldavam nelas. Castanho ficava deitadinho ao meu lado, ele também admirava as coisas do céu.

Cada dia que passava, ele ficava mais pesadão, mal dava para ver os brinquinhos em meio as papadas dele. A lerdeza, só piorava, e as vezes era um custo ele levantar da esteira, mas eu o ajudava e zelava dele com o mesmo amor de quando era pequeno.

Volta e meia, matavam um porco e faziam linguiça. Não existia máquina de moer carne, as mulheres picavam a carne bem fininha, para fazer a linguiça. Depois, dependuravam aqueles colares de linguiça sobre o fogão para secar. Antes disso, eu pegava um espinho de laranjeira e furava as linguiças, para sair o caldinho delas. Eu adorava fazer aquilo!

Um dia, mamãe veio com uma conversa para "boi dormir", falou que trocava meu Castanho, por uma boneca de celuloide de virar os olhos. Eu sempre quis ter uma boneca que virasse os olhos, mas boneca era boneca e porco era meu amigo. Ele sabia gostar, ao passo que boneca não sabe nada.

Castanho estava cada dia mais corpulento, todos os dias, antes de sair para as minhas "destemperanças" (mamãe dizia isso), eu pegava um balde de água e jogava em cima dele para refrescar. Quando eu voltava, jogava outro balde de água nele.

Um dia, caí doente, as amígdalas estavam inflamadas. Era um tal de fazer gargarejo com arnica e tomar Biotônico com sucupira, que não davam folga.

O tempo estava ruim, chuva atrás de chuva. Eu tinha febre e dificuldade de comer. Não me deixavam sair do quarto para não "destemperar" por conta da febre.

Uma semana se passou, quando sai do quarto, fui direto no terreiro ver meu porco, mas ele não estava lá. Corri para o chiqueiro para ver se haviam colocado ele com os porcos sem brincos, mas ele também não estava. Corri os olhos no terreiro inteiro e nada do meu Castanho. Entrei na cozinha feito um raio, em cima do fogão, vi o maldito cordão de linguiças secando, e o pior foi que haviam levado para eu comer da linguiça.

Falei que todo mundo daquela casa ia queimar nos quintos dos infernos para aprender a não matar um bichinho de amor.

Mamãe me pegou no colo, me abraçou e falou que ele estava gordo demais, que já não andava mais, e que o coração dele ia parar de uma hora para outra. Falou que ele estava sofrendo muito para ter que carregar aquele peso todo, mas nada do que ela falava me servia de consolo.

Ana, para tentar ajudar, falou que o porco estava tão descaído, que nem gritou, quando foi sangrado!

Mamãe, caçou uma faca para jogar nela, tamanha foi a raiva que vi nos seus olhos, amaldiçoando a Ana, pelo comentário indevido.

Papai havia viajado para a cidade, precisava muito de enlaçar meus braços no pescoço dele, e chorar com um consolo maior.

A noite, escutei o barulhinho das esporas roçando o assoalho e sabia que papai estava voltando. Ele foi até minha cama e me entregou um pacote muito grande, eu abri e dentro da caixa, havia uma boneca de celuloide que fechava os olhos.

Apesar do entusiasmo do papai e da mamãe, falando a belezura que era a boneca, nem no colo eu peguei ela, na caixa ela estava, na caixa ela ficou!

A dor da matança do meu Castanho, ficou remoendo tudo quanto era alegria dentro de mim. O pilão, onde eu voava terreiro afora, não tinha menor graça. A esteira de olhar o céu, estava enrolada no canto, porque não tinha beleza achar bichinho nas nuvens se o meu não estava junto.

Não sei se trouxeram a vovó, ou se minha tristeza alcançou a alma dela, só sei que ela veio me consolar.

Vovó me falou, que tinha um tempo de nascer, de crescer e brincar, um tempo de crescer mais e trabalhar, um tempo de envelhecer e um tempo de morrer. Falou que o Castanho tinha vivido todos os tempos dele, e que ele não ia ficar alegre ao me ver e nem dar conta de sair do lugar. Falou que a gente tinha vivido juntos o tempo que Deus tinha marcado. Falou que as coisas eram assim e que não tinha como serem diferentes.

— Tá bom vovó, eu vou achar a "conformança" e conformar. Mas essa gastura dentro de mim vai passar quando?

— Vai passar logo, logo...

– Vovó, logo, logo demora muito?
– Demora não, meu bem, demora não!
 Logo, logo, é logo, logo...

I

____

EMBORNAL DE LINDEZAS

NASCI EM UM DOMINGO DE SOL, entre montanhas azuis em uma fazenda no município de Monte Azul, no estado de Minas Gerais.

Desde cedo, passei a fazer minhas deduções para não ficar amolando os outros. Só perguntava mesmo o que me encafifava muito e meu entendimento era pouco para muita "sabedura"!

Descobri sozinha que as cigarras nasciam da terra, as borboletas amarelas nasciam da flor de uma árvore amarela chamada ipê, descobri onde os vaga-lumes buscavam a luzinha deles para brilhar na noite, descobri que o monstro da escuridão morria de medo, quando escutava o barulhinho das esporas do papai no assoalho. Mas andava agoniada para saber de onde nasciam as borboletas azuis, que de vez em quando apareciam exibindo a sua boniteza.

Um dia, fomos em um lugar chamado Riachinho, que tinha uma bica d'água muito grande, onde a mulherada lavava roupa. Eu sempre ia na garupa do cavalo da mamãe, agarrada na sua cintura, sentindo o perfume do cabelo dela, que cheirava a florzinhas do mato. O riacho nascia no pé da serra azul.

Atravessei meu embornal no peito, com minha rapadura, meus biscoitos fritos e fui caçar o que ver. Tinha um trilheiro por onde eu andei, quando o trilheiro acabou, eu passei a andar dentro do riacho porque tinha muito carrapicho e urtiga. Quando cheguei no pé da serra, vi a maior belezura que fez as minhas meninas dos olhos pularem de alegria, tinha tantas borboletas azuis que parecia que tinha caído vários pedacinhos do céu na terra.

Fiquei abismada pela minha falta de entendimento, se a serra era azul, era claro que as borboletas nascendo lá, tinham que ser azul também.

Voltei toda faceira para contar minha descoberta a mamãe. Como já estava toda molhada, resolvi vir caminhando dentro do riacho. Quando cheguei, vi as mulheres prontas para torcerem meu pescoço de duas em duas, igual faziam para torcer cobertas: uma pega em uma ponta e outra pega na outra ponta para torcer. Mamãe me deu uma surra de olho, que perdi até o rumo de descer da bica. Elas estavam no enxaguar de roupas, e eu sujei a água andando dentro dela.

Senti que ali, todas estavam preparadas para me pinicar com as unhas afiadas nas pedras de esfregar roupa. Em frente a lavanderia das mulheres, tinha um casarão do tempo do zagaia, nunca cheguei a conhecer esse tal zagaia, mas ele devia ter muitas coisas, pois papai e vovô viviam dizendo que isso ou aquilo era do tempo dessa pessoa.

Nesse casarão tinha morado muita gente poderosa, perto da cozinha, tinha muitos cacos de louças com florzinhas desenhadas, eu desenterrava, lavava bem lavadinho e colocava aquelas lindezas no meu embornal, para levar para casa, depois colocava tudo em cima da minha cama e ficava admirando.

Sempre que ia nas outras casas, eu ficava olhando para ver se encontrava aqueles pedaços de tesouros, mas só encontrava lá. Perguntei a mamãe porque só no casarão do Riachinho tinha aquelas louças, ela falou que era "sistema", tudo que ela não sabia ou não estava com boa vontade para explicar, ela dizia que era o tal "sistema", que para mim não era nada de nada.

Quando meu gato Farofa, me abandonou, e saiu por esse mundo de meu Deus para gastar as sete vidas dele, eu fiquei muito doente. Nem a benzedeira poderosa com os ramos de plantas fedidas, curou minha febre e minha descrença. Então, foram buscar minha avó Henriqueta para me alegrar. Vovó chegou com sua alegria e seu colo com cheiro de Bonina! Trouxe para mim, um embornal novo, bordado com um ramo de flores em ponto corrente, que ela havia feito. Quando me entregou, falou que era para eu guardar as minhas lindezas.

Depois, vovó deitou minha cabeça em seu colo, falou que meu gato havia saído para namorar e que um dia, ele voltava. A partir desse dia, aos poucos fui me engraçando pelas coisas e descoisando o que estava coisado e doía!

O embornal bordado era muito precioso para levar nas minhas andanças. Ele ficava dependurado em um torno acima da cabeceira da minha cama. Eu levava o embornal velho, colocava o que achava nele, e depois quando chegava em casa, transferia para o embornal bordado.

Um dia, minha mana mais velha e a Ana, resolveram futricar no meu embornal de lindezas. Elas colocaram todas as minhas coisas em cima da cama e chamaram a mamãe para ver as "porcarias" que eu havia juntado. Por causa da enxeridez delas, tive que jogar fora um besouro seco muito lindo, um dente de bicho e uma casca de cobra, que mamãe achou remoso eu guardar.

Eu não sabia o que era "remoso", mas entendi que era coisa do "sistema" e joguei fora. Depois achei outro besouro ainda mais bonito e outro dente maior, só faltou uma cobra tirar a roupa para eu guardar.

Todas as manhãs, eu enchia meu embornal com rapadura, queijo duro, biscoito frito que queima a menina do olho de quem frita, e ganhava o mundo.

Mamãe sempre colocava um cambão de anjos para me acompanhar e sempre dizia:

– Que Deus te proteja minha filha, que te livre da ofendedura de cobra, para você não morrer soltando espuma pela boca!

Eu andava bem rápido para não escutar a parte do "soltando espuma pela boca", mas sempre escutava. Eu achava muito doído morrer espumando e depois ficar no caixão com algodão no nariz. Meu avô quando morreu, ficou deitadinho no caixão dormindo, toda hora eu achava que ele ia acordar para eu recitar a poesia "simpatia" para ele, mas ele descansou para sempre, e eu descobri que para sempre era um lugar longe demais.

Fiquei desconsolada com a morte do meu avô, ele era meu amigo, em uma época que os avós só eram avós. Vovô lia tanto poesia para mim, que acabei decorando só para recitar para ele. Vovô também tinha um gramofone, e conseguia tirar de dentro de um disco preto, a música mais linda do mundo, vovô fazia tudo na mágica de rodar uma manivelinha. Não sei quando ele perdeu o poder da mágica e se deixou morrer.

Nunca soube perder tudo que era um "bem querer" meu. Estava triste, feito galo rouco no terreiro. Falei para mamãe que estava doendo muito, não ver mais meu avô. Mamãe falou que ele estava guardado dentro do embornal que ficava pregado ao meu coração, onde também estava meu gato Farofa!

Ela me explicou, que dentro da gente, tem um embornal para guardar lindezas e que ali elas ficam protegidas do esquecimento. Falou, que nesse embornal de dentro, eu nunca poderia guardar feiuras, raivas e nem tristezas, porque elas poderiam estragar as minhas lindezas. Mamãe garantiu, que se todo amor, todo bem querer e toda afeição que eu achar, for guardado dentro desse embornal de lindezas, não ia sobrar nenhum espaço para as feiuras e as ruinzeiras da vida. Disse que, se por algum descuido meu, alguma raiva entrasse, era para tratar de me livrar dela, para não apodrecer meu embornal de lindezas...

E...

Foi assim que foi!

Sessenta anos depois, cá estou eu, destrançando as vivências que prendi com laços das fitas dos meus cabelos, abrindo meu "embornal de lindezas" e revelando as passagens da menina de tranças que segue em mim, que ainda joga versos na roda, ama casarões antigos e seus fantasmas, luta contra o monstro da escuridão, acha graça das peripécias da dona Santinha, espera pelo gato Farofa e de vez em quando, sai pela noite a procura de uma árvore mágica cantando: "vaga-lume tem, tem, seu pai tá aqui, sua mãe também...".

I
____

MENINA DE TRANÇAS

DENTRO DE MIM, AINDA HOJE, mora uma menina de tranças livre, irreverente e aventureira, até o dia em que a devolverei para Deus!

Até os sete anos eu morei em uma fazenda. A diferença de idade entre eu e minha mana era de seis anos, e como ela era mais velha não me dava a mínima, assim, eu brincava só. A linha divisória entre o real e a fantasia quase não existia para mim.

Mamãe contava histórias do Pavão misterioso, João e Maria, da boneca preta de Mariazinha e tantas outras. No dia seguinte, eu me embrenhava na floresta para procurar a tal casa de doces, às vezes me perdia e os empregados da fazenda tinham que largar os afazeres e me procurar. Eu sempre apanhava por ter-me ausentado da casa, mas sempre voltava a fazer tudo igual e apanhava novamente da mamãe. Depois ela dizia:

— Minha filha, eu não sei o que faço para que você não se machuque se Deus não tiver dó, qualquer hora dessas uma cascavel te pica e você morre no mato sozinha espumando pela boca e eu também morro de tristeza por não ter cuidado de você.

Odiava o "espumando pela boca", sempre achei que ela podia pular essa parte...

Lembro que uma vez, meu avô chegou a casa com o distinto coronel Levi, que foi comprar umas cabeças de gado do meu pai. Uma verdade é que eu não entendia porque comprar "cabeças" se levavam o boi inteiro? Então tomei benção do meu avô, mas nem cheguei perto do tal homem comprador de cabeças, minha mãe insistiu, mas eu não fui tomar benção, o homem deve ter me amaldiçoado.

Mamãe levou-me para cozinha e me deu uns contravapor, vovô entrou e disse para ela que não me poderia forçar a nada, eu tinha alma de gato e escolhia de quem gostar, independente se gostassem de mim ou não, amei aquilo.

Meu avô era uma espécie de feiticeiro branco de olhos verdes, tinha algumas fazendas, mas sempre vivia em uma fazenda na Gurutuba onde convivia a maior parte do tempo com os ex-escravos do pai dele, que nunca saíram de lá.

Todo mundo dizia que os negros ensinavam magia para o meu avô, ele sabia benzer e fazia remédios com plantas, e eu adorava o colo dele, cheirava a mato. Cada vez que ele vinha, dizia que eu havia crescido um palmo, sempre me jogava para o alto e me pegava no ar, eu adorava aquilo apesar da mamãe dizer que eu ia ficar de "vento caído", mas meu avô nunca deixou o meu vento cair, acho que ele era feiticeiro mágico sim.

Vovô tinha um gramofone com muitos discos de valsas que ele mandava buscar no porto de Salvador. Tinha um livro de Camões e outro de Casimiro de Abreu. Toda vez que eu ia na casa dele, vovô lia uma poesia chamada Simpatia. Um dia, assim que ele começou a ler, eu tomei frente e recitei toda poesia. Ele falou que eu era a menina mais sabida do mundo. Depois, eu aprendi uns versos dos Lusíadas e os recitava toda faceira. Quando ele morreu, fiquei um tempão vendo ele, ninguém nunca acreditou e eu nunca me importei. Só sei que graças a ele, incutiram que eu tinha alma de gato e me largaram de banda.

Na fazenda, tinha um cavalo de nome de Relâmpago, eu colocava o cabresto e montava em pelo mesmo, aí eu ganhava asas. Papai tinha um cão que se chamava Barqueiro, ele sempre me acompanhava, uma vez ele me tirou de dentro do rio, pois tinha chovido e a correnteza estava forte. Mamãe nunca soube e por isso levei uma surra a menos.

Eu gostava de brincar de fazendinha com umbus (fruto do umbuzeiro) as raízes das árvores que ficavam fora da terra eram os currais e nos frutos, eu colocava pedaços de pau e fazia as pernas, colocava chifres e pronto eram meus bois. Subia nas árvores para apanhar frutos para aumentar a boiada, caía lá de cima e se machucasse eu apanhava por ter caído, voltava a subir, a cair e a apanhar.

Volta e meia, me pegavam para tirar os bichos de pé, mamãe e Ana. Uma vez contaram 13 bichos no meu pé, fiquei mais de uma hora com os pés dentro de um balde com creolina e perdi um pouco de peso.

Passavam banha de galinha no meu cabelo e faziam duas tranças, Ana puxava tanto as tranças que meus olhos ficavam esticados, odiava que ela penteasse meus cabelos. Ela puxava para as tranças durarem, já a mamãe penteava com carinho e me sentava no colo, tinha paciência, cantava suavemente e eu sempre cochilava.

Quando eu saía para minhas andanças, ela dizia: "Vai com Deus minha filha", e eu dizia "Fica com Deus, mamãe". Certo dia me perguntei como Deus poderia ir comigo se eu dizia para ficar com ela?

Deduzi então que tinha dois Deus, um para adulto e outro para crianças, depois aumentei os "Deus": tinha Deus para passarinho, borboleta, árvores, cães, etc. Quase nunca fiz perguntas a ninguém, porque eu tinha minhas deduções. Quando papai estava em casa eu perguntava para ele, mas ele dizia sim para tudo. E a mamãe, dizia que era "sistema" para coisas que não sabia!

Eu era incutida para saber onde eram os ninhos das borboletas amarelas, já que tinha tantas e eu nunca via ninho nenhum. Um dia, vi no meio do pasto, um ipê amarelo todo florido então perguntei para o papai se as borboletas amarelas nasciam das flores, e ele disse que sim. Só nunca entendi por que as cigarras nasciam de dentro da terra se não eram formigas.

Na fazenda do papai, tinha um engenho e quando colocavam fogo na cana, eu tinha que ficar presa por causa das cobras que saíam do canavia. Aí eu brincava no alambique, mas não gostava muito, tinha umas borboletas pretas, eram horríveis e tinham cheiro de fedor.

Eu acho que fui muito mais bicho do mato que gente, às vezes dormia no meio do mato e acordava à noitinha escutando os empregados me chamando, rezava para o papai estar em casa para eu não apanhar, mas aí minha mãe dizia: "Qualquer dia desses essa menina vai chegar em casa e me encontrar mortinha em cima da mesa, meu coração não aguenta!".

Isso doía mais que a surra, pois minha avó, mãe dela tinha morrido do coração.

Depois da janta, sentávamos na calçada que tinha em frente a minha casa, eu deitava no colo da minha mãe e ela me mostrava as estrelas, falava o nome delas, dizia o tipo da lua, os empregados contavam causos de assombração, mula sem cabeça, Saci Pererê, boitatá e outros monstros que frequentavam meus pesadelos.

De baixo da minha cama morava o monstro da escuridão, ele era negro e tinha olhos de fogo, eu sempre corria e pulava na cama antes que ele agarrasse minhas pernas, sempre o venci.

Quando fiz sete anos, mudamos para a cidade de Monte Azul, e eu quase morri de tristeza. Nas férias, voltava para a fazenda e ficava com papai, Deus, meu cavalo, meus boizinhos, os empregados e o monstro da escuridão.

Quando fiz nove anos mudamos de Minas para o Paraná, papai trocou o gado por uma fazenda de café, e me enfiaram em um colégio interno. Deus veio junto, só Ele teve coragem...

Mamãe morreu do coração há alguns anos, quando a visitei na UTI, falei que ela tinha que ficar boa, porque havia uma porção de estrelas que eu não sabia os nomes, e ela respondeu-me:

– Você não tem mais nada para aprender sobre o céu, agora sua missão é falar sobre o Caminho de Santiago e mostrar para as pessoas, as estrelas.

Foi a última coisa que ela me disse, antes de fechar os olhos para sempre! O seu maior orgulho foi ter lido o meu livro sobre o Caminho de Santiago onde eu falo dela logo nas primeiras páginas. Meu conforto é saber que ela está agora entre as estrelas...

O monstro da escuridão às vezes ainda me alcança... Mas só às vezes!

SOBRE A AUTORA

LADY FOPPA nasceu em uma fazenda, no município de Monte Azul, Minas Gerais. É autora dos livros Assim Na Terra Como No Céu, publicado em 1999 e Janelas da Vida, publicado em 2008. Foi vencedora do concurso internacional do jornal El Correo Gallego na Espanha, com o texto "O Sujo". Cursou fotografia na Faculdade Católica de Goiás, fez várias exposições fotográficas de suas viagens e outros temas. Percorreu o Caminho de Santiago pela primeira vez em 1998 e nunca mais parou de percorrer os vários caminhos de Santiago, caminhos do Brasil e caminhos da vida. Tem um estilo descontraído e grande sensibilidade, seus contos nos encantam e nos faz revirar nossas gavetas da memória, aguçam os sentidos. Embornal nos remonta a infância, nos convida a uma aventura, com humor, alegria e encantamento, como num caleidoscópio rodopiamos felizes e plenos. Lady tem esse dom de tirar o melhor na simplicidade... Vem percorrer esse caminho... coloca seu embornal atravessado no peito e boa andança nessa trilha iluminada por estrelas e pirilampos!!!

Maria Clotilde Pavanelli
Amiga e irmã de muitas vidas com certeza!!!